フランスの古典を読みなおす

安心を求めないことの豊かさ

加川順治

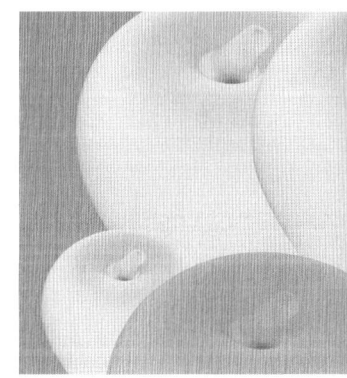

目次

序Ⅰ　"人の悪い人間観"と血の温かさ　　　　　　　　　　　　　　5
序Ⅱ　ロルカとボードレール:「あらゆる血管が開く詩」　　　　　11
Ⅰ．プレヴェール:「朝の食事」と日常的な悪　　　　　　　　　　19
　1．既訳がたどる「私」の世界　　　　　　　　　　　　　　　21
　2．原文が表出する「私」と「彼」の人間関係　　　　　　　　23
　3．プレヴェールのメッセージ　　　　　　　　　　　　　　　29
Ⅱ．ボードレール(1):「酔いたまえ」と「二重の部屋」　　　　33
　1．陶酔の重要性?　　　　　　　　　　　　　　　　　　　　34
　2．醒めないことの重要性　　　　　　　　　　　　　　　　　36
　3．生の複雑さと人間の尊厳　　　　　　　　　　　　　　　　38
　4．生の「厳粛」　　　　　　　　　　　　　　　　　　　　　47
Ⅲ．ボードレール(2):「異邦人」、愛の苦さ　　　　　　　　　55
　1．慢心せる俗物への皮肉は幾重にも　　　　　　　　　　　　56
　2．死すべき存在への愛、自然への愛　　　　　　　　　　　　61
Ⅳ．『ル・プティ・プランス』・通称"星の王子さま"(1):毒舌家の情愛　67
　1．「点燈夫」の麗しい奉仕精神?　　　　　　　　　　　　　68
　2．「点燈夫」と現代人の精神的「怠惰」　　　　　　　　　　74
　3．「キツネ」の繊細な感受性、愛することへの渇き　　　　　80
Ⅴ．『ル・プティ・プランス』(2):"肉の存在"の抵抗は日々新たに　87
　1．"心で見ること"の重要性?　　　　　　　　　　　　　　88
　2．"肉の存在"の繊細な抵抗　　　　　　　　　　　　　　　93
　3．「砂漠」を生きることの「神秘」:「井戸」「軋み」「目覚め」「歌」　100
Ⅵ．意識を閉じないこと　　　　　　　　　　　　　　　　　　105
　1．カミュの『異邦人』末尾における「憂鬱」と"希望の薄明かり"　106
　2．ボードレール(3):濃密な生、成熟　　　　　　　　　　113
補遺:「いずれが本当の彼女か!」と「描きたい獣望」の解釈の試み　121
あとがき　　　　　　　　　　　　　　　　　　　　　　　　　130

序Ⅰ 「人の悪い人間観」と血の温かさ

「我々の美徳は、ほとんど常に仮装した悪徳にすぎない」
「美徳は、川が海へ注ぐように、利害得失のなかに姿を消す」
「我々はすべて、他人の不幸を我慢していられるだけの力を持っている」

　半世紀前のことになりますが、渡辺一夫氏は、ラ・ロシュフーコー（1613-1680）のこれらの箴言を引いたあと、以下のように忠告していました。「勿論、人間性の美しさを讃え、美徳を主題にした文学作品もフランス文学にはあります」が、「ラ・ロシュフーコーの〔…〕『箴言集』が古典文学作品として伝えられているフランス文学が、このような"人の悪い人間観"をも、世代から世代へと受け継いできているということは、フランス文学というものを考える上で、忘れないほうがよい条件かもしれません」。「ラ・ロシュフーコーのような人間観だけを、正しい考え方とするのも困りますけれども、こうした人間観から目をそむけるのは、自分を含めた人間というものの本性を知ろうとしない怠惰、或いは卑怯の結果ではないでしょうか？」（『曲説フランス文学』、岩波現代文庫、2000年、130-1頁、〔初出1960年〕）

　フランス文学の中でも古典として読みつがれる作品には必ずと言って良いほど含まれている"人の悪い人間観"に対して、日本の読者が陥りがちな姿勢へのこの忠告は聞き届けられたのでしょうか？　以下で中心的に扱うボードレール（1821-67）の毒舌の一つ、「この生はどの病人もベッドを換えたいという欲望に取り憑かれている病院である。ある者はせめてストーブの正面で苦しみたいと思い、またある者は窓のそばなら治癒するだろうと信じている」（「世界の外ならどこへでも」）を例にとりましょう。人間のみじめさをことさらに言い立てる、この"人の悪い人間観"から"目をそむけ"ず、そこに含まれる毒の分量をはかる労をとっていれば、そのみじめさの現実からの逃避しか眼中にな

いかのような、「常に酔っていなければならない。すべてはそこにある、それが唯一の問題だ。あなたの肩を圧し砕き、あなたを地面の方へ屈せしめる〈時間〉のおぞましい重荷を感じないために、休みなく酔っていなければならない。／だが何に？酒に、詩に、あるいは美徳に、あなたのお好み次第だ」(「酔いたまえ」) といった刹那主義的物言いを（こちらの方は慰めがあるということでしょうか）真に受けて、そこに彼の希求やメッセージを無警戒に、というか安心して透かし見ることは避けられたでしょう。いいかえれば、それが病的な願望であると詩人自身に意識されている可能性を度外視し、その結果、あるべき人間性の模索がその詩で、屈折した形ではあれ、遂行されている可能性も視野に入らない、という事態が飽かず繰り返されることもなかったのではないでしょうか。

　屈折した形で行なわれる模索？いましがた「酔いたまえ」から抜粋した「常に酔っていなければならない」云々の、明らかな命題を含む詩句に、なるほど私たちのありがちな（しかし肯定するには躊躇せざるをえない）願望を受けとめ、正当化し、私たちの弱さを慰撫してくれる、何かやわらかな襞のようなものを感じる（ように誘惑される）のは事実です。しかし、そんな安心する地点で立ち止まらず、注意力を低下させずに作品の全体と細部に向きあうことをすれば、そうした命題が皮肉っぽい歪みや不協和をひき起こしながら表現されていることに気付きます。何か引っかかる、執拗にすっきりしないところがある。それがどのようなものか、作品や作家によってどんな形をとるかは以下に具体的に見てゆきますが、そのすっきりしないところに、何度読み直しても錯覚だと思えないなまなましい豊かさ、というか、真人間の感触があるのです。

　「この生はどの病人もベッドを換えたいという欲望に取り憑かれている病院である」といった"人の悪い人間観"を前にしても、何かにつけ自分を庇う私

たちは、そこに毒のない優しい憐憫を察して安心することに傾くわけですが、その性向をあえて括弧に入れます。そして、人間の様々なみじめさに対して、ボードレールのみならず、以下に扱う作家たちが、読者の（とともに自らの）慰めとなるような憐憫の情を或るレベルまでしか持とうとせず、低温の曖昧な（曖昧化する）優しさに全面的に身を任せることを潔しとしなかったことを見落とさないようにしたいと思います（彼らに失礼ですから）。やはり、彼ら自身を含めた人間というものの同意できない無数の側面について彼らは毒づいているのであり、また、その毒づきは、厭世的な愛なき淡白な人間嫌いによるものではなく、正視すればするほど尊厳を欠いた状態で営まれていることが否定できなくなる人間の生に飽き足りないがゆえに容赦がなくなるのであり、要は、あるべき人間的な生の模索を動機としている、そういうことを見ていきます。

　毒づきと表裏一体の愛、などという厄介なものに何の用があるのか、と思われることでしょうが、そこに（価値がもっとも疑えない）血の温かさを私は感じるのです。といっても、彼らが発見させるのは、心暖まる何かとはとても言えない、たとえば、以下に触れる通称『星の王子さま』の主人公が生活の場としている「不毛の小惑星群」、またバラが直面する「巨大な空間の冷たさ」[註1]に象徴されるような、慰めや明るい展望を許さない生の現実です。また、そこから日常的な安心させる幻覚・幻想の覆いを剥ぎ取ることが彼らの毒づきの目的でもあるわけですが、その荒涼たる現実、なまの生に向きあい、そこから逃げも隠れもできなくなってはじめて、（フェデリコ・ガルシア・ロルカの言葉を借りれば）私たちの「あらゆる血管が開く」[註2]のを感じること、そこにこそ、人間の豊かさ、人間的な（と遠くから帰ってきたように感じられる）豊かさがあり、彼らの作品を読むことの（失効しない）意味があり、それが彼らの作品を古典たらしめている、というのが私の意見です。どうかおつきあいを。

註1：「不毛の小惑星群」、「巨大な空間の冷たさ」はR. M. アルベレスの表現（『サン＝テグジュペリ』、中村三郎訳、水声社、1998年、168, 166頁）。彼は、サン＝テグジュペリを、「文明、友情、勇気、微笑…」などの「人間の諸価値を画一的に肯定する」おめでたい「教化的文章」の書き手、「学生向きメッセージの口述者」に矮小化する傾向、とりわけこの作品（*Le Petit Prince*）を「お子さま向けの本、クリスマスの贈り物」とする傾向に苦りきっている一人であり、「幻覚と戦う」「詩人」かつ「モラリスト」たるサン＝テグジュペリを浮き彫りにするために（19-21頁）、「おとぎ噺の背景が不毛の小惑星群というのは正常でないし、また、どうでもよいとすませるわけにもいかないことだ。この夢のなかに、サン＝テグジュペリの感性の全要素が集まっている」と注意を喚起する（168頁）。

　註2：肉と心を解氷するかのように温かい血が戻って来ることを感じるのは、「生命自体の勇気」が触発されること、ともいいかえられる。R. M. アルベレスは、「サン＝テグジュペリの感性」を素描して、「生命というものはなんと脆くて貴重なものなのだろう！しかもあの巨大な空間の冷たさから生命を護ってくれるものは何もない。〔…〕奇蹟的に芽生え、友情を糧としている生命だが、この生命を護ってくれるものは何ひとつない。あるのは生命自体の勇気だけだ」と書いている（前掲書166-7頁）。

序Ⅱ　ロルカとボードレール
「あらゆる血管が開く詩」

フェデリコ・ガルシア・ロルカ（1898-1936）に関して、ここで注目するのは、既に完成した『ジプシー歌集』Romancero gitano（1928）における、死に至る情念との安定した戯れ方から抜け出るために[註1]、「あらゆる血管の開く詩 una poesía de abrirse las venas」（1928年、ホルヘ・サラメアへの書簡）を書

註1：この大成功をおさめた詩集には、「詩人は情熱と死との恐ろしいゲームの中でのように、彼の人形たちを動かしている。詩人が彼らの苦悩にどんなに関心を抱いているか、それはわかる、だが同時に彼は彼らの苦痛を無視してもいる」（小海永二が『ロルカ"ジプシー歌集"注釈』〔行路社、1998年、99頁〕で紹介するディアス・プラーハの意見）など、否定的な見解を呼ぶものが確かにある（発表直後の友人ダリやブニュエルによる完全否定はよく知られている〔cf. 小海、同書291-2頁〕）。ロルカ自身、『ジプシー歌集』完成直後に、全くスタイルの異なる散文詩を書き始めており、とりわけ「水没した泳ぐ女 Nadadora sumergida」（1928）の以下のくだりが注目される。「伯爵夫人、最後の抱擁は三拍子を持ち、感嘆すべき様態で展開したのです。aquel último abrazo tuvo tres tiempos y se desarrolló de manera admirable.／そのとき以来、私は大いなる成果とともに育ててきた古い文学を放棄したのです。／ドグマが純化され、規範が新たな身震いを持つために、すべてを打ち壊すことが必要なのです。／象がヤマウズラの眼を、ヤマウズラが一角獣の蹄を持つ必要があるのです。／ある抱擁のゆえに私はこうしたことすべてを知るのです。また、私の絹のチョッキを引き裂くこの大きな愛のゆえに、でもあります Por un abrazo sé yo todas estas cosas y también por este gran amor que me desgarra el chaleco de seda.」（Obras completas I, Galaxia Gutenberg, 1996, p.495, 下線引用者）。「大いなる成果」をもたらしたにせよロルカが「放棄」しようとしている「古い文学」が『ジプシー歌集』を指していることは時期的にもほぼ確実だろう（cf.『ロルカ』、イアン・ギブソン、中央公論社、1997年、249-50頁）

こうとしていた時期の彼です。

　それは、講演『ドゥエンデのはたらきと理論 *Juego y teoría del duende*』(1930) の中で言うように、「光を与える」「天使を拒絶し」、「形式を与える」「詩神を足蹴にし」て、「奥まった血の小部屋で目覚める」ドゥエンデの方に降りてゆくことでもありました。講演中、ラ・ニーニャ・デ・ロス・ペイネス（櫛の娘）の名で知られるセヴィーリャ生まれの（今では伝説的な）フラメンコ歌手（パストーラ・パボン〔1882-1960〕）に触れて、その声が「詩神」の領域からドゥエンデのそれに移行する際のことが以下のように報告されています。

　「〈櫛の娘〉は自分の声を引き裂かねばならなかった。この素晴らしい聴衆が、形式など望まず、形式の髄、つまり宙にただよっているための簡潔な肉体をもつ純粋音楽を望むことを知っていたからだ。技巧と確実性とにおいて自らを貧困化させねばならなかった。すなわち、自分の詩神 musa を遠ざけ、寄る辺なき状態に自らを置く必要があった。ドゥエンデが来て素手で闘ってくれることが必要だった。そして彼女はなんと見事に歌ったことか！ その声はもはや戯れてはいなかった。その声は、いわば血の迸りであり、その苦しみと真率さにおいて、自らを開くこと、あたかも、フアン・デ・フニ〔16世紀の代表的彩色彫刻家〕のキリストの釘付けされた、しかし嵐に満ちた両足にむかって十本の指を持つがごとくに自らを開くひとつの手のような価値を持っていた。Su voz ya no jugaba, su voz era un chorro de sangre, digna, por su dolor y su sinceridad, de abrirse como una mano de diez dedos por los pies clavados, pero llenos de borrasca, de un Cristo de Juan de Juni.」(Obras completas Ⅲ, Galaxia Gutenberg, 1997, p.154, 下線引用者)

　下線部を、「あらゆる血管が開く」という事態の具体的な説明のひとつとして読むことができます。「キリストの釘付けされた、だが嵐に満ちた両足」を、

その死の原因である人間の有限性・有罪性ゆえに、そうしたいように両手で触れる・つつむ・いたわる・いとおしむことができない、あるいは許されない。そうした行為のつつましい（「貧困化」した）素描として、その両足に向けて片方の「ひとつの手」を「開く」ことしかできない。しかし、「苦しみと真率さ」から「血の迸り」のようにひろげられたその「ひとつの手」（のような声）には奇蹟的な温かい「十本の指」が備わるかのようだ…、むごたらしいことに奇跡的に触れ、それを包み、いとおしみ、鎮まることのない「嵐」をいたわり、等々のことを不可能だと言って済ますことはできない…
　これが誤読でなければ註2、「あらゆる血管が開く詩」は、肉と心に温かい

────────

　註2：両足を重ねて釘付けされたキリストの両足が十本の指を持つひとつの手のように見える、といった仏訳のような映像的解釈〔Œuvres complètes I, Gallimard, 1981, p.923〕が妥当といえば妥当だ（…una mano de diez dedos por los pies clavados…の前置詞 por を、目標を表す〔…を求めて〕ではなく、漠然と場所を示すととる場合の解釈）。フアン・デ・フニの才能によって、十字架上のキリストの死んだ足（そこには「血の迸り」が彩色されているだろう）が、「嵐に満ちた」「十本指のひとつの手」に奇跡的な変貌を遂げていることが、「血の迸り」そのものに変容した"櫛の娘"の奇跡的な（やはり「嵐に満ちた」）歌声の比喩になっている、という読みであり、それはそれで理解できる。しかし、なぜ「自らを開く」「十本指のひとつの手」なのか、またなぜこれらをロルカが価値付けるのか、ということが謎として残る。やはりそれらの表現は希求を含んでおり、奇跡的な「十本指のひとつの手」（"櫛の娘"の歌声）は何かに触れようとするために「自らを開く」のだろうし、それが触れ、温かく包むことを願う対象は、死んでなお「嵐に満ちた」（これを感じさせるだけでも卓越した彫刻的才能が確認できるフアン・デ・フニによる）キリストの足に象徴される何か——この「嵐」が「わが神、わが神、なぜわたしをお見捨てになったのですか」の残響だとすれば、生＝愛の孤独——ではないだろうか？

ものが溢れてくるような蘇生の感覚を主眼とする、自分の救済に閉じたものではなく、温かい血で何を抱きしめようとしているのか、という観点から、人間の、開かれた、というより、閉じようのない、癒えようのない傷のような深いありように照準をあわせるものだと理解されます。ロルカも講演のなかで、「決してふさがることのない傷」を負わせるのがドゥエンデだと強調しています (Obras completas Ⅲ, p.159)。

　なぜフランスの作品を読み直そうというのにスペインのロルカを、さらに極度にスペイン的(というよりアンダルシーア的)なドゥエンデを持ち出しているのかというと、以下の考察の中心的な主題になるボードレールについて、短いが示唆に富む言及がこの講演にあり、それがこれから試みる読み直しの重要な指針になるからです。彼はこう言います。「ドゥエンデは髪で夜の港の匂いを与える El duende da con una cabellera olor de puerto nocturno」(Obras completas Ⅲ, p.160)。また最終的には削除されたが、「〔ドゥエンデは〕ボードレールの抑揚で身を揺さぶる se mece con acento de Baudelaire」とも (Federico García Lorca, Conferencias Ⅱ, Alianza Editorial, 1984, p.106, nota41)。

　「ドゥエンデは髪で夜の港の匂いを与える」。ボードレールの「髪」(『悪の華』23)への言及です。「暗い寝室 alcôve obscure」(第1連)の女の髪を、「響き高い或る港、そこで我が魂は飲むことができる／浴びるほどに、香りと音と色彩を」と形容する第4連冒頭の二行や、6連冒頭の「青い髪、闇を張り詰めた天幕よ」などから、「夜の港の匂い」という表現が出てくるものと思われますが、随分刈り込まれているし、「夜」という語は詩にはありません。「音と色彩」が除外されており、とりわけ色彩・視覚的な記憶の膨張がこの詩の大部分を占めるだけに注意を引きます。華々しい映像として喚起されるが「思い出」として安心して味わえるすべて、もっと言えば、「実り多い怠惰／芳しい閑暇をはて

しなく揺する揺りかご」（第5連最終2行）となって安定した充足感を「私」の内部に遺し、それ自体としては消え去るすべてが除外されたものと思われます。これに対して、選択された「匂い」は、第6連の終りでそれ自体の物質性を露わにし、不安定な「烈し」い「陶酔」を引き起こします——「おまえの渦巻く編み毛のうぶ毛に覆われた岸辺で／私は烈しく陶酔する Je m'enivre ardemment、椰子油と麝香と／タールの入り混じった匂いに」。続く最終連冒頭三行で不安定さは増大し、「長く！いつまでも！私の手はおまえの重いたてがみのなかに／ルビー、真珠、そしてサファイアを撒くだろう。／私の欲望におまえが耳をかさぬことが決してないように！」と、自分の充足のためには、恋人を金品で操れる娼婦であるかのように非人間的に、また動物まがい（「たてがみ crinière」は馬のそれを言う）のように扱う自分の（とても同意できない）ありようの正視と皮肉が炸裂するに至ります。

　「ある人々の精神が音楽の上を漕ぎ渡るように／私の精神は、おおわが恋人よ！おまえの香りの上を泳ぐ」（第2連）はずであったのに、匂いが最終的には不条理にも難破（あるいは内省の「決してふさがることのない傷」）をもたらすに至る（激化する）ところに、ロルカはドゥエンデのはたらきを見たものと思われます。また、だからこそ、常に先を目指す連続的な航海のための「黒檀の海」（第3連）や「黒い海原」（第5連）でなく、ひとつの航海（安定した陶酔）が尽きる場所、新たな別種の航海（人間性、人間的関係の模索）を企てるしかない場所としての「港」という語を選び、その内省的な正気を触発する暗いひろがりや深さを言うために「夜の」という形容詞をロルカは付加したのでしょう。詩を順風でふくらませる"詩神"ではなく、詩に傷を負わせ、人間的に開かせ、真に動かし、「揺さぶる」ものとしてのドゥエンデのはたらき。あるいは深い度外れな陶酔が不安定ではあれ生きた正気への覚醒に道を開くと

するなら、その「烈し」い陶酔に誘い込むところにドゥエンデがいるのか。ともかく、新たな別種の航海の企てをボードレールの他の作品のなかに探るための指針が「夜の港の匂い」のなかにあります。

Ⅰ．プレヴェール
「朝の食事」と日常的な悪

Il a mis le café	彼は（いつもの）コーヒーを入れた
Dans la tasse	（いつもの）カップに
Il a mis le lait	彼は（いつもの）ミルクを入れた
Dans la tasse de café	（その）コーヒーの（入った）カップに
Il a mis le sucre	彼は（いつもの）砂糖を入れた
Dans le café au lait	（その）ミルクコーヒーに
Avec la petite cuiller	（いつもの）小さなスプーンで
Il a tourné	彼はかきまぜた
Il a bu le café au lait	彼は（その）ミルクコーヒーを飲んだ
Et il a reposé la tasse	それから（その）カップを置いた
Sans me parler	私に話しかけることなく
Il a allumé	彼は火をつけた
Une cigarette	（始めて見る）煙草に
Il a fait des ronds	彼は（始めて見る）輪を（何度か）つくった
Avec la fumée	（その）煙で
Il a mis les cendres	彼は（その）灰を（何度か）おとした
Dans le cendrier	（その）灰皿に
Sans me parler	私に話しかけることなく
Sans me regarder	私を見つめることなく
Il s'est levé	彼は立ち上がった
Il a mis	彼はのせた
Son chapeau sur sa tête	（彼の）帽子を（彼の）頭のうえに
Il a mis	彼は着た
Son manteau de pluie	（彼の）レインコートを

Parce qu'il pleuvait	雨が降っていたから
Et il est parti	それから彼は出て行った
Sous la pluie	（その）雨のなかを
Sans une parole	ひと言すらなく
Sans me regarder	私を見つめることなく
Et moi j'ai pris	それから私　私は埋めた
Ma tête dans ma main	（私の）顔を（私の）手のなかに
Et j'ai pleuré.	それから私は泣いた。

1．既訳がたどる「私」の世界

　ジャック・プレヴェール（1900-77）の有名な詩「朝の食事」です。

　まず、括弧内の要素を無視して読んでみましょう。既訳[注1]は括弧内の要素を省略しています。高畑勲氏の言うように、日常の細かな行為を実に淡々と描写するだけのこの詩が、「まったくコミュニケーションのない二人の破綻した関係」を見事に浮かび上がらせることに感嘆し、「"私"にとってのこの事態の深刻さを噛みしめ、余韻を味わい、あるいはもう一度読み直してみる」（『ことばたち』注解書51頁）、といった行為に安心して誘われます。さながら対岸の火災で、読み直すといっても、コミュニケーションのなさが「私」に原因があるのか、「彼」のせいなのか、と詮索する気は毛頭起こしようがないし、さら

　註1：参照したのは、安藤元雄訳（『フランス名詩選』、岩波文庫、1998年、340-4頁）、北川冬彦訳（『〈パロール〉抄』、有信堂文化新書、1960年、125-7頁）、高畑勲訳（『ことばたち』、ぴあ、2004年、171-2頁）

に距離をとって考えても、たとえば、形あるものは必ず壊れる、愛は永続しない、理由もなくある日終焉をむかえ、当事者になすすべはない…といったペシミズムがここにはあるのだろう、ぐらいのことしか考えられません。ペシミズムとは言え、別段目新しいものでもなく、私たちは安心して小さなためいきをつく余裕があります。

　あるいは、距離をとることなく、もっと近寄ってみる、あるいは潜りこんで見ると、なるほど次のようにも考えられます。「じつはこの詩は、些末な描写の見かけ上の〈客観性・外面性〉とは裏腹に、"私"が"彼"の一挙手一投足を注視している、その視線集中の緊張した時間と濃密な心理を、"私"の立場に立って、きわめて〈主観的〉に描出しているのではないか。〔…〕"彼は"ではじまる一行一行の背後に、声をかけてくれることを期待しつつ瞬時も"彼"から目が放せなかった"私"がいる。"私"の目がある。〔…〕過去形による"彼"の日常動作の些末なまでの連続描写は、"私"がそれを心の中で執拗になぞる行為そのものである。あるいは（読者を含めた）誰かへの怨みがましいぼやきなのだ」（高畑、注解書52頁）。

　しかし、「怨みがましいぼやき」だとして、詩人はそれに共感・加担しているのでしょうか？その「ぼやき」や「"私"の目」の「注視」を精密にたどる詩人は何に焦点を合わせているのでしょうか？その「注視」の対象に、でしょうか？プレヴェールの詩は日常生活を主題とすることが多いとはいえ、「注視」される対象がことさらにありきたりなことがらばかり（高畑氏も「些末」という形容を一度ならず使っています）なのはなぜでしょう？焦点は、それらありきたりのことがらを対象とすることでより鮮明に浮かび上がる「私」の「注視」の質に合わされているのではないでしょうか？それが本当に「彼」への愛に満ちたものかどうか、という質に。

『フランス名詩選』の作者紹介（378頁）にあるように、「圧政者への反発と民衆への愛を基底とする詩や台本を書」き、「圧倒的な数の読者に支持された」プレヴェールも、圧政者・抑圧者であると民衆・弱者・愛し合う人々であるとを問わず、人間というものへの基本的な警戒心（"人の悪い人間観"）は、これを堅持しつつ、それでも自由や愛を擁護し続けたという点において、実にフランス的な意味で古典作家のひとりだと思います。この詩でも、括弧内に訳出したいわゆる限定辞（定冠詞、不定冠詞、所有形容詞など、初級文法でも手始めに習うことがら）を無視せずに読むと、詩人がこの「私」の「注視」の質に強い警戒心を持ち、その問題性をほぼ一行に一回明らかにするためであるかのように、細かな改行を反復していることがわかってきます。

2．原文が表出する「私」と「彼」の人間関係

　まず一行目。コーヒーを注いだ、という行為を言うだけであれば、通常は、詩句のように le café と定冠詞を用いることはなく、du café、部分冠詞を付します（注ぐコーヒーは量で捉え、不加算扱いなので）。定冠詞を使うと、特定化されたコーヒーを意味するので、文脈から、"いつもの"という訳語がでてきます。毎朝のお決まりのコーヒーを、今日もまた彼は注いでいる。いつものカップに、いつものようにミルク（これも特定化しなければ部分冠詞で du lait）といつもの量の砂糖（不特定の任意のものであればやはり du sucre）を入れている。かきまぜるのもいつもの小さなスプーンだ。こうして毎朝繰り返されることの細部を今日も「私」は入念に確認していることが明らかになります。実に入念な確認で、途中段階の「そのコーヒーの入ったカップ」にもじっと視線は注がれ、「そのミルクコーヒー」は二度も注視の対象になっています

(「その」と訳したのも定冠詞で、前出のものを受けていることを示します〔これも特定化〕)。この反復される定冠詞が表す、入念とも執拗とも言える注視は、毎日反復される些事に決して飽きることのない味わいが生じている、いわば愛の生活の深まりを表しているのか、それとも、はっきりと形はとっていないにせよ何かが緩み、すれ違い、壊れかけているおぞましい気配が感じられているので、それを否認したいがために、安心したいがために、同じこと、見慣れたことの反復が確認されているのか、この段階ではどちらとも言えません。

　11行目以降、日常の反復が破られ、未知の事態が展開します。「彼」が煙草に火をつけるのですが、その「煙草」の前には、ここまで用いられていなかった不定冠詞が付されています。不定冠詞はその後の名詞を、未知の何か、了解が成立していない何かとして提示します。今まで朝の簡素な食事のとき「彼」は煙草を吸うことがなかったのか、「私」の前では煙草は吸わなかったのか、ともかく、「私に話しかけることなく（＝いつもなら会話が始まるはずの状況なのに口を閉ざしたまま）／煙草に／火をつけ」るのが未知の事態であることは確かです。ちなみに、以下でも未知の事態は3行で語られます（それ以外は2行で一文を構成）。

　14-5行目、「彼は煙で輪をつくった」などと限定辞や名詞の複数形を無視して訳すと、出て行こうとしているこの男の暢気さ、鈍感さ、またはふてぶてしさといった、「彼」についてのネガティブな評価を呼ぶところですが、原文では、「輪」が、灰皿に落とす「灰」（16行目）とともに複数形であることに注目しましょう。おさらばの前にこれみよがしに紫煙をくゆらせてみせるいかにも嫌な男、というよりは、出て行く前に、何か言葉を見つけようとして（「私に話しかけることなく」という目に見える結果しか考慮しない・できない「私」に私たちの想像力を隷従させる必要はないでしょう）、吸はなくてもいい煙草に火

をつけ、その煙を味わう代わりにそれで何度も輪をつくり、神経質に何度も灰を灰皿に落とし（この"何度も"の感じを強調するために通常は〔数で捉えるものではないので〕単数形＋部分冠詞で用いる「灰 cendre」が複数形になっているのでしょう）、等々している、いわばためらう男のイメージが浮かび上がってきます。「彼」も言葉（「私」からの、思いとどまるための？）を必要としているのでは？とも考えられます。

　「私」の方は、(被害者意識からでしょうか）説明してもらう権利を当然視し、「彼」にはたらきかける言葉を考える気は毛頭ないようですし、のみならず、未知の事態が引き起こしたはずの不安を受けとめるどころかその沈静化が強引に図られているようです。心の波風は13、14行目（不定冠詞が付された「煙草」と「輪」）に現れるとすぐに、拡がることも吟味されることもなく、1～10行目の定冠詞のヴェール、何となく安心な了解済みと感じさせるヴェールに再び覆われて消えてしまいます（15行目の「煙」も16行目の「灰」も17行目の「灰皿」もすべて定冠詞付き）。強引に、と言いましたが、とりわけ複数形で通常と異なる扱いがされている「灰」の前には不定冠詞が用いられるのが自然であるのに、定冠詞が用いられるところに、起こった事は起こった事だ、考えても始まらない、馴れて了解済みにしてしまえばよいのだ、不安は無かったことにしよう、といった「私」の強引な処理法が垣間見えます。

　不定冠詞の表す未知・不安なものの定冠詞化。これは、今回だけのこととして素描されているのではなく、今まで繰り返されてきた「私」（という自己愛に支配され、被害者意識に占有されがちな人間すべて）のある種の日常的な暴力（あるいは他者への愛を馴染めるものへの愛とどこかで取り違え、ないしは交換してしまう私たちの弱さ）の告発と見るべきではないでしょうか？生きているのですから、「彼」は日々細かな変異に満ち、とまどいや怒りや不安や希

求やの生々流転を内実とする存在であると想像していけない理由はないでしょう註2、なかには気付いてほしい、受けとめてほしいものもあったはずで、そのサインを送ることも多々あったのではないか、とも考えられます。それらがことごとく「私」を構成する定冠詞化の奔流により黙殺される関係、つまり、動的存在としての自分のありようが承認されもしない関係、したがって（恨みがましくなることを回避できない）悪しき孤独が意識につきまとうようなこの関係を、「彼」はどうやったら（恋人として以前に）人間として維持できるのか？

以上のような告発を、3行一まとまりの18～20行目、とりわけ「彼は立ち上がった」の前の「私に話しかけることなく／私を見つめることなく」が、より明らかな皮肉で続行していると考えられます。「彼」が「私に話しかける」「私を見つめる」ことばかりを、愛される者としての当然の権利であるかのように「私」は要求するが、「私」から「彼」に聞く、「話しかける」、「彼」（の動きやまない現実）を「見つめる」ことはしない、なぜなら「私」が「見つめ」たいのは馴染み・安心を豊かに構成する定冠詞付きの細部・些事という目に見えるものだけだから…、このような皮肉は、21行以下で、今まで「私」が黙殺してきたものをさらに敷衍ないし要約しないでは済まさないかのようです。

21-2行目。「彼は置いた／彼の帽子を彼の頭の上に」。22行目の「彼の」とい

註2：様々に揺れ動くものとしての（揺れ動いてこその）人間は、16世紀のモンテーニュ以来のフランス的人間観。「たしかに、人間とは不思議なほど手ごたえがなく、さまざまに揺れ動く主体である。人間に関して、恒常的で統一的な判断をうち立てようとするのは間違っている。Certes, c'est un subject merveilleusement vain, divers, et ondoyant, que l'homme. Il est malaisé d'y fonder jugement constant et uniforme.」（『エセー』第1巻第1章「異なる手段が同じ結果をもたらすこと」）

う所有形容詞がうるさく感じられるでしょう。原文自体がうるさいのです。身体の部位には、特別のニュアンスを表すとき以外は定冠詞を用いる、とは辞書の説明にもあります。...sur sa tête（彼の頭に）ではなく sur la tête（頭に）が普通の言い方なのです。「彼の」を反復することで強調されているのは、「私」にとっての「彼」の「彼」性＝他者性であり、今まで黙殺されてきたそれが別れの間際になってはじめて（かけがえのないものとして）感じられた、ということでしょう。

しかし、「彼」の他者性が「私」の中に波紋をひろげ、その結果、「彼」がひとりの未完成な動きやめない生きた存在であることを見失っていたこと、安心・馴染みの世界のなかで「私」と「彼」が溶け合っていたのでは決してなかったことに「私」が遅ればせながら気付く、ということにはならないようです。人間、きっかけがあってもそう簡単には変わらない。23-5行目の３行（「彼は着た／彼のレインコートを／雨が降っていたから」）が示すのは、「私」を棄てて去って行こうとしている「彼」の、目に見える行為しか意識しない（つまりこの事態の目に見えない原因を考えようとしない）相変わらずの「私」です。「レインコートを着た」のは外で「雨が降っていた」から、という子供でもわかることのレベルで納得すべき事態でしょうか？

26-7行目（「それから彼は出て行った／その雨のなかを」）。別れそのものは、今までの複数の予兆によって、「私」にとってもはや衝撃的な未知の事態ではないらしく、２行で語られています。「雨」に定冠詞が付いているのを見ると、いましがた気付いた了解済みの「その雨」というだけの感じ方しか「私」はしておらず、そのなかを歩く彼にとってはどんな雨か、を想像してみる労すらとらないことが示されています。続く28-9行目の「一言すらなく／私を見つめることなく」において愛される者としての権利要求（11、18-9行目に既出）がむ

しろ強められて（「一言すら」）繰り返されることからも、「彼」の身になって考える努力の片鱗すらないことが浮き彫りになります。「それから」という、この詩では、しばしの時間の経過を表す接続詞 et が、帽子とレインコートを身につけたあと逡巡の時間を持った「彼」と、それを傍観するばかりで何も新たに考えず、言うべき何の言葉も探さない「私」の落差を際立ててもいます。(「それから」は、ミルクコーヒーを一口飲んだあとの10行目にも使用されて、カップを置く前に「彼」が、おそらく言葉を探すあまりにでしょう、動作が中断している時間を伝えていました)

　最後の30-3行に初めて主語・主体としての「私は」が現れ（これまでは「私」は「彼」の行為の目的語であり、常に受け身だったわけです）、また、2回「それから」があることも注目されます（「それから私　私は埋めた／私の顔を私の手のなかに／それから私は泣いた」）。

　28-9行目で頂点に達する、してもらうことばかりを求めるがゆえの怨みごとも、ある時間の経過によって静まったのでしょうか、3行で5回も「私」が繰り返されるのですから、とり残された孤独な「私」の主体的な自覚が語られていることは確かでしょう。どんな自覚でしょうか？手に顔を埋める、そして泣く、というのは、人が悲しむときのありふれた仕草でしょうが、注意深く読むと、実際に悲しみの涙が出てくるまでには時間の経過があるようです（接続詞「それから」の存在）。また、手に顔を埋める仕草だけを言おうとするのであれば、通常は「手 main」の前は定冠詞であり、「手」という名詞も常識的に複数形のはずです。複数形が常識的な名詞を単数形で用いると抽象的な意味が強くなる傾向がありますから、ここでの「手」は、"avoir...en main…を掌握している""mettre la main sur...…を逮捕・押収する"などの表現で用いられる獲得・所有能力としての比喩的な意味合いの「手」でもある可能性が高い。しか

も定冠詞の代わりに「私の」という所有形容詞が付されているので、文脈から（"埋める"と訳した動詞 prendre〔の過去分詞 pris が用いられている〕は英語の take にあたり、広く"とる"〔取る、採る、獲る、摂る、盗る…〕行為を言う動詞）、獲得・所有を主眼とした「私の」愛をも意味し、そういう愛の手に残ったのは、安心・馴染みの世界でも「彼」でもなく、「私の頭 ma tête」(tête は「顔」でも「頭」でもある)、つまり、心と隔たった日常的思慮（馴染めるもの、安心させるものが最優先）でしかないことの自覚、ということになります。この自覚はただ苦いものでしょうから、それでも涙が出てくるにはある時間的経過（「それから」）を待たねばならないことも納得されます。

3．プレヴェールのメッセージ

　確かなもの・安心させるものの獲得・所有を主眼にする限り、自分の手に残るのは、愛することの錯誤を犯してばかりいる自分だけ。これを、不幸な悲しい出来事というよりは、初めて主体的になった「私」の（すぐには）涙も出ない苦い自覚として提示するプレヴェールは、こうした自覚を傷みとして受けとめる、引き受けることができてはじめて、他者（の不安定に生きる痛み）に向き合うこともできるのでは？さらに抱きしめることも…、といった、誰もが（理解・納得しないまでも）どこかで知っていることについて、そのいわば暗黙知が宿りながらも波紋を広げることができずにいる心の層に呼びかけているのではないかと思われます。

　しかし、その波紋の広がりを押しとどめる圧力は実に強く、私たちは安心させ、馴染めるものを無条件に価値とし、どこかでその大切さを知っていながら、生きている"揺れ動く"人間（や現実一般）への繊細な関わりに生の中軸を置

く努力を、日常の中ではきれいに忘れるという安楽を選ぶ[註3]。これも弱さというよりは（相手からすれば）悪の問題でしょうが、そういった私たちの問題は一筋縄ではいかないようです。その実例として、この詩の既訳における限定辞などの細かな日常的要素の無視をあげることもできます。

高畑氏は以下のように述べておられます。

　　　自由の詩人プレヴェールは、恋愛でも、〈恋人に対する所有欲・支配欲の否定〉〈恋人の自由の尊重〉を、逆説的な「きみのために　恋人よ」をはじめ、さまざまな作品で歌いつづけた。しかしまた、そういう態度を貫くのが決して容易でないことは当然であり、それに伴う苦悩をもたびたび歌った。（『ことばたち』注解書61頁）

　　　プレヴェールは「牢番の歌」などに見られるように、愛の名で相手を所有しようとすることに反対し続けた。だが同時に、愛と自由、愛と自我を両立させることがいかに困難であるかをも知っていた。（48頁）

なるほど、恋人のために花を買うこと（「私は花の市場に行った／そして花々を買った／きみのために／私の恋人よ」）が順接でいかにも自然に「鎖」を買うこと（「私は屑鉄の市場に行った／そして鎖を買った／きみのために／私の恋人よ」）に、さらに「奴隷」を求めること（「それから私は奴隷の市場に行った／そしてきみを探した〔…〕」）へと展開する「きみのために私の恋人よ

註3：「我々の自己愛が、我々が友人から得る満足の度合いに応じて、彼らの美点を増やしたり減らしたりする。我々は、友人が我々とどのようにつきあうかによって、友人の長所を判定しているわけだ」（ラ・ロシュフーコー、箴言88）

Pour toi mon amour」において、"恋人に対する所有欲・支配欲の否定"というテーマが、"決して容易でないこと"として現実的に苦く歌われていることを見落とす人はいないでしょう。「牢番の歌 Chanson du geôlier」でも、「やさし」さの陰に（相手の自由にとって）「残酷な」所有欲が自然に隠れていることが明快に書かれ、"愛と自我の両立"の"困難"がすっきり理解されます——「〔…〕／〔俺の愛する〕女を俺は閉じ込めたのだ／やさしく残酷に tendrement cruellement／俺の欲望のもっとも密かなところに／俺の苦しみのもっとも深いところに／未来についての諸々の虚言のなかに／諸々の誓いの愚言のなかに／〔…〕」。

これにたいして「朝の食事」は、物騒な「鎖」をちらつかせることなく、相手を「奴隷」にしようとつゆ思わず、「欲望のもっとも密かなところに」幽閉する（結果、「おれのくぼませた二つの手のひらに／最後の日まで／愛でかたちづくられた彼女の両の乳房の甘美さを la douceur de ses seins modelés par l'amour」「それだけを持ち続けるだろう」という蕩けるような苦味を自覚的に引き受ける）ことなく、絵空事の「未来」や愚かな「誓い」で篭絡することなく、要するに、断罪するのが良識的だと思えるような何もないところで、それどころか、日常の反復への細やかな愛とも思えるような、そういう日々の感覚や心の平穏な営みそのものによって、関係の維持を不可能にするような暴力が遂行されることを（既訳で無視された諸要素によって）細かくたどっており、「きみのために私の恋人よ」や「牢番の歌」よりもこわい詩であると考えることもできます。

しかし私たちは、そういう明白に暴力的な何かなしに行なわれる暴力を、日常的なものに満ちた詩の中では——たとえば"恋人に対する所有欲・支配欲"の残酷さのように明白に識別可能なほど文学的に整形されないところでは——

安心して見落とし、"怨みがましいぼやき"など馴染めるものに立ち止まりがちなのです。そして現実の日常でも、（先程少し時期尚早でしたが書いた文句を繰り返すと）自己愛に支配された人間である限り不可避な日常的な暴力（他者への愛を馴染めるものへの愛とどこかで取り違え、ないしは交換してしまう私たちの弱さ・卑怯）におそらくやはり気付かない。そんな日常にあって人間的であろうとする何が可能か？日常に安定をもたらす明白な意味を持つ諸々のもの（この詩の中の動詞や名詞のようなもの）の周縁で、それら意識される意味作用に、意識されない色合いを与える（この詩の中の名詞の限定辞である定冠詞、不定冠詞、所有形容詞や名詞の単数・複数の区別などのような）それ自体では小さな、ありふれた、見慣れたものごと、格別の意識もなしに使用され無視もされるそれらを努めて大切に扱うことはできる。それらがかすかにとどめている不穏なざわめきを聴こうとすることはできる。無意識の体温のような悪に気付くとすれば、そういう迂遠な繊細さが必要なのではないか。この詩におけるプレヴェールのメッセージはその辺りにあるのではないでしょうか。認識すべき現実は、眼や心が自然に向かう所にはない、人間はそんなに単純な成り立ちをしていない、ということを以下の読み直しでも忘れないようにしたいと思います。

Ⅱ．ボードレール（１）
「酔いたまえ」と「二重の部屋」

「酔いたまえ」(『パリの憂鬱』作品33、初出1864年)

　常に酔っていなければならない。すべてはそこにある、それが唯一の問題だ。諸君の肩を打ち砕き、諸君を地面の方へと屈せしめる〈時間〉のおぞましい重圧を感じないためには、休みなく酔っていなければならない。
　しかし何によって？ 葡萄酒に、詩に、あるいは美徳に、それは諸君のお好み次第だ。だが酔いたまえ。
　そして、もし時折、とある宮殿の階段の上で、とある［城砦の］濠の緑の草の上で、諸君の部屋の陰鬱な孤独のなかで、眼が醒めるなら、陶酔がすでに衰えるか消え失せているならば、訊きたまえ、風に、波に、星に、鳥に、時計に、すべての逃げ去るものに、すべての嘆きうめくものに、すべての巡りくるものに、すべての歌うものに、すべての語るものに訊きたまえ、今はいかなる時刻であるか、と。すると、風が、波が、星が、鳥が、時計が、諸君に答えるだろう。「酔うべき時刻だ。〈時間〉に虐待される奴隷とならぬために、酔いたまえ。休みなく酔いたまえ！葡萄酒に、詩に、あるいは美徳に、それは諸君のお好み次第だ」と。

１．陶酔の重要性？

　この散文詩について、宇佐美斉氏は以下の指摘をしています[註1]。「「〈時間〉に酷使される奴隷」となり終らないためには、何事によらず絶えず酔っていな

　註1：「落日―あるいはデカダンスの詩学」、in『ボードレール詩の冥府』多田道太郎編、筑摩書房、1988年、289-90頁、311頁）

ければならないとするこの刹那主義を正当に評価するためには」、「古代人の円環的時間はすでに失われて、直線的時間が重くのしかかっている」、「機械論的合理主義が支配する近代社会に対するロマン主義者たちの抵抗の叫びを考慮する必要がある」。「許される唯一の抵抗は、美しい緑の牧場を前にしたファウスト博士のように、"止まれ！お前はいかにも美しい"と叫んで、束の間の時間への愛惜を精一杯に表明することだけだ。そこでは、われとわが身を"擦り減らす"陶酔のみが抵抗の武器となる」。「"衰滅"の意識にとらえられた詩人は、みずからのその"衰滅"の中から"甦り"の力を期待」する。「ここには一瞬の陶酔のうちに輪廻を夢みる近代人の意識が鮮明に映し出されているだろう」。

さらに宇佐美氏の言葉を借りるなら、「時間の強迫観念を逃れる手だては、束の間の一瞬に永遠の時間をみる陶酔の魔術を身につけることだ」（296頁）という考え方が、この詩において結論であるかのように強調されていることは、それが「風」や「波」や「星」やのあたかも森羅万象によって肯定される（それらは異口同音に「酔いたまえ」と「答えるだろう」）ことになってもいますから、否定できない事実です。

第1段落は、"直線的時間"の「おぞましい重圧を感じ」ているすべての人々への共苦と連帯感からの呼びかけでしょうか。人生の完成あるいは私たちの成熟は思うようには運ばない、幸福や夢の実現にはとにかく時間がかかる、何事も遅々として進捗しない。のみならず、人生の意味であるように思われた希望や理想を担う「肩」は寄る年波に「打ち砕」かれ、——"ほかの動物が頭をたれて、いつも眼を地上にそそいでいるのに対して、人間は上にむけられた高貴な顔を持ち、その瞳を星辰のかなたにむけることをゆるされた"（オウィディウス『転身物語』巻1の2）というのに——ただ眼に映る、確認で事足りる、心の努力も要求しない「地面 terre」の上で起こること（terre à terre〔実際的な、

卑俗な〕という表現もあります）に吸い寄せられるのに「屈」する。これを「おぞましい horrible」ことと感じず、軽くなった、楽になった、と感じ、あまつさえそれを大人になることとうそぶく向きを別にすれば、多くのひとが被るそういう傷みをやさしく包む襞のような何かと、なおかつ希望・慰めの明かりを灯そうという善意の存在を感じずにはいられません。

　しかし"陶酔の魔術"という明かりは、この詩を通じて奇妙なほど何の深まりも見せません。ただ「酔っていなければならない」「酔いたまえ」と平板に繰り返されるだけです。本当に「風が、波が、星が、鳥が、時計が」「酔いたまえ」と「答えるだろう」、と詩人は考えているのでしょうか？そう「答える」ように「諸君」は都合よく聞く、解釈するだろう、という皮肉がありはしないでしょうか？「風」、「波」、「星」、「鳥」、「時計」と挙げるだけで、漠然と人間と対比された森羅万象を暗示するのだろうと理解されるには十分でしょうに（「時計」が不協和で気になりますが）、なぜ、わざわざ、「風」を「すべての逃げ去るもの」、「波」を「すべての嘆きうめくもの」、「星」を「すべての巡りくるもの」、「鳥」を「すべての歌うもの」、「時計」を「すべての語るもの」、と言い換えていくのでしょう？そこからただ一つの「酔いたまえ」という単調な促しを聞きとるには、あまりにそれぞれに異なったありよう、多様な存在のしかた、を浮き彫りにするためではないでしょうか？

２．醒めないことの重要性

　第3段落は、人間の生に対する"直線的時間"の破壊作用の素描で始まっています。その哀れな状態・窮状を前にすれば「陶酔」も「衰える」か「消え失せる」ような、つまり「醒める」ことを余儀なくされるような、「とある宮殿

の階段」、「とある濠の緑の草」、「諸君の部屋の陰鬱な孤独」。"夏草や兵どもが夢の跡"との連想で、「とある濠の緑の草」が最も喚起的でしょう。かつては城の防御のために水を湛えていた「濠」が今は「緑の草」に覆われているさま。これが軍事的な"夢の跡"だとすれば、「とある宮殿の階段」は、社交・文化的〈粋〉の次元での"夢の跡"でしょうか。やはり「階段」自体が荒れ果てた様子になっているさま、とも、あるいは、そこを歩く同時代の人間が、かつての貴族社会と比べて、優雅、洗練、華、等々の豊かさにおいて何か本質的な破壊を受けたかのようなブルジョワ風俗を顕わにしていることを言っている註2、とも考えられます。いずれにせよ、軍事と文化という公共の次元での時による破壊を例示したあと、私的次元に目を転じて、「諸君の部屋の陰鬱な孤独」を

註2：『火矢』*Fusées* の15、「世界は終りに近づいている」で始まる覚書にはこうある。「共和国あるいはそれ以外の自治的国家が、聖なる人々、あるいはある種の貴族によって指導される場合、それらが光栄の名に価するものともなりうることを想像するのはさほど困難なことではない」。に対して、「おおブルジョアよ！汝の妻は〔…〕今後、汝の金庫の用心深く愛情に満ちた番人となり、〔…〕汝の娘は幼くして結婚適齢期をむかえ〔…〕百万フンで身売りするのを夢みるだろう。そして汝自身は、おお、ブルジョアよ、今日にもまして詩心を失い、これらのことをぐちることもなく、何も悔恨することもなくなるだろう。なぜなら、人間にあっては、ある部分が繊弱化し退化するに従って他の部分が強化され発達するからだ。当代の進歩のおかげで、汝の体内には臓物しか残らぬことになるだろう！」また、もうひとつの"内心の日記"である『赤裸の心』*Mon cœur mis à nu* の44にはこうある。「どの日でも、どの月でも、どの年でも、なんらかの新聞に目をはしらせて、各行に人間の最も恐るべき頽廃の徴候、および、清廉、善意、慈悲に関するきわめて驚くべき高慢と、進歩と文明に関するきわめて図々しい肯定に出合わないということはない」(以上、矢内原伊作訳、『ボードレール全集Ⅱ』、人文書院、1963年、235-6、236、265頁)

語る、という構成でしょう。この「陰鬱」さは、同じく『パリの憂鬱』の作品5「二重の部屋」を参照することで理解されます。そこでは、この詩と同じく大文字で始まる「〈時間〉Temps」による「夢」、「欲望」、「悦楽」、「神秘と静寂と平安と芳香」の破壊が縷々語られています。その破壊の跡に「陰鬱な孤独」だけが居座る、ということになります。

　こうして、文化と軍事という、人間が公的次元で労力を惜しみなく傾注してきた代表的な活動分野（宗教が抜け落ちていますが）と、私的次元での「夢」や「欲望」の追求、それら公私両面での人間の努力を対象とする〈時間〉の破壊作用の範例が示されているわけです。そしてそのあと、対比的に、時の破壊作用を免れているものとして、かつても今からも変わらず続くであろう「風」、「波」、「星」、「鳥」などの多様な存在様態あるいはそれらの本分たる活動・行為――「逃げ去る fuir」（あるいは固定・把捉を逃れる）、「嘆きうめく gémir」「巡りくる rouler」「歌う chanter」「語る parler」――が示されるのだ、とは考えられないものでしょうか？すると、人間は、「醒める」でも「酔う」（双方とも"直線的時間"からの離脱の試み）でもなく、むしろそのように時間のなかで多様に在る・生きることそれ自体を、（安心には到底結びつかないが）森羅万象のざわめきのなかに促しとして聴くべきではないか、ということが、より本質的なメッセージとして浮かび上がってきます。

3．生の複雑さと人間の尊厳

　このように考える理由として、一つには「〈時間〉に虐待される奴隷」における「虐待される」と訳した martyrisé という語が、単なる被害しか表さないネガティヴな意味合いだけで片付けられるべきではなく、"殉教 martyre" の

高貴さや尊厳をも倍音で響かせていること（後でとりあげます）、二つ目には、モンテーニュが「風」に寄せて人間が学ぶべきものに触れた次の文章が思い合わされて仕方がないからです。

　　人生の諸々の快楽に、これほどまでに格別の配慮をもって専念してきたことを誇る私が、こうしてまた、快楽とはいったい何かと仔細に眺めてみると、そのなかにはただ風のようなものが見えるだけである。だがまた、我々そのものがことごとく風ではないか。だがまた、風の力が我々よりも聡明である。<u>音をたてることを好み、騒がしくすることを好むけれど、彼は彼のものならぬ安定や確実などというものを欲しがらずに、彼に固有な職分に満足しているのである。</u>〔…〕
　〔…〕多くの人は自分から脱け出し、人間から逃げたがっている。愚かなことだ。野獣には変わるが天使には変わらない。
　（『エセー』3巻13章、「経験について」、下線引用者）

あらゆるものが、(さきほど読んだ第三段落冒頭のように) 結果から見れば、「風」のように吹きすぎる、情熱のように活発にあるいは不穏に「音をたて」「騒がしくする」が永続しない、「逃げ去る fuir」、これは否定できない。しかし注目すべきは、消失・破壊に到るまで、立ち止まることなく、ある状態にしがみつくことなく、動き続け、固定・把捉を「逃れる fuir」註3 ことの方ではないか？に対して、「酔う」ことは、「葡萄酒に、詩に、あるいは美徳に」、あるいは情熱の或る状態や悲しい瞬間に滞留し、それらを生・現実の（「風」のように）不安定な、しかし絶え間ない動きから（ということは現実の様々な因果関係からも）切り取り、切り離し、浸れる状態に特権化した上で、浸り、浸され、正

体もなく蕩かされ、あるいは高揚感に、ないしは自己崇拝や自己憐憫に惑溺する註4、等々、まさに（束の間であれ）「安定」した状態や「確実」な効果を求める行為、ではないか？これが、モンテーニュの言うように、「人間から逃げる」ことであれば、人間性を構成するものとしては、いかに貴重なものが次々に彼方此方で壊れ失われようと（それから目を背けず、しかもそれがすべてだと評価を固定せず）不安定・不確実のさなかでなお動き続ける、あるいは求め続ける（より永続的な、より持ちの良い希望や理想を）、あるいは信じ続ける（目に見える限りでの結果・成果が、その多かれ少なかれ失意をよびおこすありさ

註3：ボードレールが「風」を言い換える動詞 fuir はこのように比喩的な意味合いでも使われる。プルーストの『失われた時を求めて』の或る巻のタイトル『逃げ去る女』*La fugitive* もこの fuir から派生した名詞であり、死後調べれば調べるほどますます正体が掴めなくなっていき、主人公のなかで存在を曖昧に拡大・増殖させてゆく女が主題になっている。実際に逃げ去り、消え失せることに重点を置くなら、再帰動詞 s'enfuir が用いられる。

註4：雑多な騒音に満ちた街角でひとりの喪服の美女を見かけた（視線も交錯した？）一瞬を思い起こす「通りすがりの女に」（『悪の華』）にはこうした陶酔の事情が入念に描かれている（つまり意識化されている）。切り取り：（「一瞬の稲妻…あとは闇！」）。深いというより烈しい陶酔：「〔女は〕敏捷かつ高貴、彫像の脚を見せていた agile et noble, avec sa jambe de statue」、「私はといえば、気のふれた男のように身をひきつらせ、飲み干していた／彼女の眼のなかに、嵐を孕む鈍い色の空のなかに／魂を奪う優しさと命を奪う快楽を（＝蕩けるような甘さと〔私を〕殺す快楽を）。Moi, je buvais, crispé comme un extravagant,／Dans son œil, ciel livide où germe l'ouragan.／La douceur qui fascine et le plaisir qui tue.」。自己憐憫「そのまなざしが私を突如甦らせた女よ、／私がおまえに会えるのは永遠のなかでしかないのか？／／どこかで、といってもここから実に遠く離れたところだ！…もう遅い！たぶん二度とは！」。また註7参照。

まによって打ち壊しに来る、自己の、他者の、把捉を逃れる可能性を、与える能力を）、信じ続けることによって、破壊・消尽を生き延びるエネルギー（把捉を逃れる可能性）の全域であり続ける、等々のことが考えられます。そのような苦くも前向きな姿勢への促しを「風」から受け取ることはできないか、そういう示唆が、モンテーニュ＝ボードレールの共鳴域に認められると思うのですが、どうでしょうか。

　もっとも、すべてが壊れ、失われるわけではないようです。

　「嘆きうめく」「波」。gémirという動詞は、耳を澄ますと聞こえる、悲しい、嘆息のような音から、苦痛に呻きあるいはうなり声すらあげるレベルまでカバーする動詞です。愛を例に取ると、思いが相手から受け入れられない悲しみ（これは次第に減衰する）、というよりは、どこまで行っても、もうこれで精一杯だと思えない、十分に愛したということにはならない、一個の他者への、いかなる満足にも飽き足らない欲求の終りのない更新（昂進）、愛の無限に悩む呻き[註5]、そのような次元のことならば、寄せては返し、返しては寄せる波の、

註5：スペインのミゲル・デ・ウナムーノ（1864-1936）の『生の悲劇的感情について』（1913）を下敷きにしています。「愛する二人がこの地上で永続させるものは、苦しむ肉である」（ウナムーノ著作集3、法政大学出版局、1975年、155頁）。「真の愛は苦しみの中にしかない。〔…〕そしてこの世においては、苦しみである愛を選ぶか、あるいは幸福を選ぶか、しかないのである」。なぜなら、「愛が幸福なものとなり、自己に満足してしまうその瞬間から、もはや欲求することがなく、もはや愛ではなくなる。満足せる人、幸福な人は愛することがない。彼らは無化と五十歩百歩の習慣の中にまどろむ。慣れる（習慣化する）ことは、すでにして存在しないことの始まりである」（234-5頁）から。「愛の深奥には、永遠の絶望という深みがあり、そこから希望と慰めが湧き出てくる」（156頁）。

入り乱れた継起、止むことのない動きと波長が合うように思います。

「巡りくる」「星」。消えた、失われた、没し去ったと思ったものが、何事もなかったかのように回帰してくる。ただし「星」は希望の象徴とは限りません。嫌な、不吉な星もあります。たとえば、フランスで夏の不愉快な酷暑の日にはcaniculeという言葉が頻繁に使われます（天気予報でも街角の会話でも）。元々は、冬の星座、大犬座の実に明るい星シリウスのことです。「シリウスは7月半ばには日の出の直前に昇ってくる」ので「真夏の猛暑を象徴する星になった」（『文学シンボル事典』、マイケル・ファーバー、1999年、東洋書林、270頁）。古くは『イーリアス』に、「またの名をオリオンの犬と呼ばれ、いちばんに光の強い星ではあるが、禍いのしるしとされ、みじめな人間どもにひどい熱病の気をもたらすものである」（同頁）とある。生きているのだから、不吉なシリウスのような、自他の、厭わしい、見たくもない、回帰してほしくない部分もどうしようもなく回帰する。また、希望を表すとしても、「巡りくる」と訳したものの、動詞roulerは「回転する」が基本的な意味ですから、輝きを増すわけでもない進展のない反復でもあります。これらすべての面で「巡りくるものすべてtout ce qui roule」と辛抱強くつきあっていかねばならない。あきらめて手放さず大切にすべきものもあれば、否認せず同意・屈服もせず緊張関係のうちに密かなたたかいをそのつど再開せねばならないものもある、ということでしょうか。

破壊、呻き、勝ち目のないたたかいなど、死屍累々ともいえる現実のどこに残っていたのかと思われるような瑞々しさで「歌う」「鳥」。春の躍動、恋の歓喜などあらゆる無邪気に良きものへの讃歌がまず考えられますが、多くの詩句で悲しみ・嘆きを歌う鳥の代表格とされてきた小夜啼鳥（nightingale〔英〕、rossignol〔仏〕）を忘れることもできません。しかし悲歌には悲歌の浄化作用

があり、また讃歌には讃歌の沸き立たせる何かがあります。私たちのなかの「すべての歌うもの tout ce qui chante」を何があろうと窒息させてはならない、あるいはそれらなしでは生命力は様々に毒されたまま窒息しかねない、ということでしょうか。

　さらに、「歌う」ことに馴染まないもの、あるいは「歌う」ことによって失念されるものも多々あり、それらについては、「時計」が容赦なく時を刻むように、乱れることのない認識によってこつこつ丹念に向き合う、のみならず、雲散霧消させないための言葉を見つけ、歌から遠く、あるいは歌の陰で（歌が不当な陶酔に堕さないために）、「語る」ことを試みるべきだ註6、ということまで含めて、やはり、「醒める」でも「酔う」でもない、ひたむきな生の諸行為、

註6：「酔わねばならない」「酔いたまえ」という、いわば一次的音楽性（理屈抜きに直接的に訴えかけ気を引き、心情的同意や直感的理解を触発するという意味での音楽性）を持つ言葉の陰で、その歌の効力を減衰させる構成がとられていることを目下私たちは見ているところです。「風に、波に…」を、（直感的に森羅万象と理解しがちな私たちを尻目に）ひとつひとつ抽象的な「すべての〜するもの」へと（「時計」のように容赦なく）言い換えていく構成のことです。ここに「語る」ことの実例を見ることができないでしょうか（「語る parler」は主として、"〜について話す・語る" という、多くの言葉を多かれ少なかれ戦略的に駆使し、費やす、の意です）。同時に、その「語る」構成に、別種の奇妙な（酔えないが血の騒ぐ）音楽性が与えられていることも見逃せません。「風に訊きたまえ…すべての語るものに」の部分の原文を音読すると、たたみかける豊かなクレッシェンドのうねりのようなものを要求していることに気付きます。また、その直後で「何をすべき時刻か訊きたまえ」という、意味上は主要であるべき部分が、音の上では拍子抜けの貧困な平板さを際立てていることも——《...demandez au vent, à la vague, à l'étoile, à l'oiseau, à l'horloge, à tout ce qui fuit, à tout ce qui gémit, à tout ce qui roule, à tout ce qui chante, à tout ce qui parle, demandez quelle heure il est...》

あるいは時間とともに展開する生の多様性・雑多性に密着するための諸行為が列挙されていると考えられます。

　要するに、時間の——「重圧 fardeau」（厄介な重荷の意）ではなく——厚みと果てしなさへの参入、完全性や「安定や確実」に到達することのない、しかし濃密な生の引き受け。もちろん、嬉々として引き受けられるようなしろものでないことは明らかです。むしろ、「風が、波が、星が、鳥が、時計が」私たちに与えるとされている「答え」（眉唾物であることがはっきりしてきたと思いますが）の中にある、「〈時間〉に虐待される奴隷 les esclaves martyrisés du Temps」を思い浮かべる方が自然です。が、ネガティヴにしか、一般人からすると酔えない形でしか「語る」ことのできない、まさにそういう事態にボードレールは人間の尊厳につながるものを透かし見ているようです[註7]。

　martyrisé という語は、単なる被害のネガティヴな意味合いで片付けられるべきではなく、"殉教 martyre" の高貴さや尊厳をも倍音で響かせている、と

註7：（註4「通りすがりの女に」でも見たように）ボードレールの陶酔は穏やかに深いというよりもその烈しさに特徴があります。酔いの烈しさといっても、程度の問題ではなく、その性質（酔い方の精妙さ）が問題なのです。序Ⅱで触れたように、ドゥエンデ的な何かであり、人間性（或る受け入れ・引き受け）を開く傷のような烈しい陶酔です。『悪の華』の「人殺しの酒」の以下の詩句にもそれが感じられます——「あれらろくでなしどもは傷つくことを知らない／鉄でできた機械さながらで／一度だって、夏にも冬にも／知ったためしがない、真実の愛というものを／／その黒い魅惑〔呪縛〕の数々を、／その慄きの地獄の行列を、／その諸々の毒壜を、その涙という涙を、／鎖とあちこちの骨のぶつかるその鈍い音の数々を！ Cette crapule invulnérable / Comme les machines de fer / Jamais, ni l'été, ni l'hiver,/ N'a connu l'amour véritable,// Avec ses noirs enchantements,/ Son cortège infernal d'alarmes,/ Ses fioles de poison, ses larmes,/ Ses bruits de chaîne et d'ossements !」

前に言いました。フランスの普及版古典叢書『クラシック・ガルニエ』のこの詩についての註は、この語に倍音どころか本体として、"殉教"を認め、それを「悪魔的誘惑」に対立する或る生の選択肢と捉えています。

　この詩篇は「普遍的解決」の確実性 infaillibilité を歌う〔…〕。しかし、"原罪の永劫不変の現実 l'immémoriale réalité du péché originel"の意識を手放さないボードレールは、ほかならぬこの確実性に、陶酔の悪魔的兆候を見る〔…〕。ボードレールのドラマのすべては、彼が〔…〕〈時間〉と〈倦怠・困苦〉との殉教と、魔術的確実性の悪魔的誘惑との、両者に捕らえられていることから生じる。Tout le drame de Baudelaire vient de ce qu'il est pris〔…〕entre le martyre du Temps et de l'Ennui et la tentation satanique de l'infaillibilité magique.〔…〕ボードレールは、上昇・高揚であることを望みながらも性急な失墜であることを免れない"喚起的魔術"〔=陶酔〕の悲劇的経験をたどり直している。Baudelaire retrace l'expérience pathétique d'une sorcellerie évocatoire, qui se veut élévation, et qui ne peut éviter d'être précipitation.
(*Petits poèmes en prose*, Classiques Garnier, édition Henri Lemaitre, 1962, p.168)

"殉教"。信仰への陶酔、信仰の奴隷と考える向きもあるでしょう。が、死の恐怖を前にしてなお或る理想や希望を譲らないこと、あるいは、内では不安や懐疑に苛まれ、外からは暴力にも苛まれるが、そういう形でしか生きられない愛もある、といった想像をすると、やはり高貴さとか人間の尊厳（人間としての相応しさ・価値）の範例と考えたくなりますし、上の引用文でも、そういう

意味合いで「悪魔的誘惑」と対立させてあるのでしょう。

「とうとくおごそかで、おかしがたいこと」（広辞苑）とか「気高く威厳があること」（学研国語大辞典）、あるいは「侵すべからざる権威と、他の何ものをもっても代えることの出来ない存在理由。〔…〕【個人（人間）の尊厳】その人の人格は生前・死後を問わず常にたっとばるべきものであり、いかなる場合でも陵辱が加えられてはならぬという、最高かつ最低限の倫理」（三省堂新明解国語辞典）などのように、「尊厳」について神棚に祀るような理解をしがちなわが国では、あたかも"虐待される"「奴隷」と紙一重といった酔えない形でしか尊厳は語れない、と考えているかのようなボードレールは異常に見えるかもしれません註8。

註8：しかし、ちょうどわが国の広辞苑に相当する権威と普及率のプティ・ロベール辞典の「尊厳」の説明もかなり剣呑です：「尊厳：ある個人が受けるに相応しい敬意。偉大さ、高貴さ。"人間の尊厳" ／ "人格の尊厳の原理（人間存在はそれ自体が目的として扱われるべきである、という考え方）" ／《《人間の尊厳のすべては考えることにある》》（パスカル）／《《人間の唯一の尊厳、すなわち、自らの条件に対する執拗な反抗》》（カミュ）」云々。要するに、尊厳＝人間に相応しいこと、です（dignité は形容詞 digne〔〜に相応しい〕から派生）。しかし古今東西"人間"の的確な定義は見つかっていません。だから、人間の尊厳をいうことは、人間の価値をいかなる点（「考える」こと、「抵抗」、等々）に置くかという問題と切り離せません。他者をどう扱うか（或る目的のための道具のように扱っていないか）、いかに高貴に「考える」か、思考停止にならないか、状況の奴隷にならないか、などの度合いに応じて個々人の尊厳（敬意を払われる度合い）が変動する余地があります。他方、人間の価値をいかなる点に置くかという問題が日本では本音で提示されないからか、全員の尊厳が（それぞれの生き方を不問に付して、かけがえのない命だからという絶対に否定できない地点で）全肯定されるということになるのでしょう（少なくとも建前では）。

4．生の「厳粛」

　もう少し理解を進めるために、この詩とよく比較される、やはり大文字で始まる「〈時間〉」の登場する「二重の部屋」という散文詩を瞥見しましょう。

　まず陶酔の多様な細部が長々と描かれます。「夢」、「欲望」などの充足・「逸楽 volupté」が陶酔的に「神秘と静寂と平安と芳香」にうちに生きられ、「私たちが一般に生と称しているものは、そのもっとも幸福な拡張状態においてすら、私が目下経験し、分ごとに秒ごとに味わうこの至高の生とは何一つ共通するところがない！」、「時間は消え失せた、〈永遠〉があたりを領する、悦楽 délices の永遠だ！」と断言されるほどです。しかし「執達吏」や「情婦」や原稿催促係らの「凄まじい重たい一撃 un coup terrible, lourd がドアに鳴り響いた」時点で、日常生活の細々とした煩悶が戻って来ます。「〈時間〉」の再登場。その「悪魔的なお供の一団」、「〈追憶〉、〈悔恨〉、〈痙攣〉、〈恐怖〉、〈苦悶〉、〈悪夢〉、〈怒り〉、それに〈神経症〉も」（すべて複数形で）。しかし「私」から洩れ出るのは、予想に反して純粋な悲嘆や呪詛ではないのです——「私は諸君に確かなこととして断言しよう、毎秒が今や、強く、厳粛に、刻まれていることを。そして一秒一秒が、柱時計から飛び出してきて言う——"私が〈生〉だ、耐え難く、情容赦のない〈生〉だ"、と。Je vous assure que les secondes maintenant sont fortement et solennellement accentuées, et chacune, en jaillissant de la pendule, dit :—《Je suis la Vie, l'insupportable, l'implacable Vie!》」

　「厳粛に solennellement」という副詞が注目されます。生の「厳粛」さは、陶酔、「逸楽」「悦楽」からは生まれず、「〈時間〉」が引き連れる「悪魔的なお供の一団」の引き受けとともにしかないかのようです。しかも、「耐え難く、情容赦のない〈生〉」に「二本の釘を打った突き棒で牡牛のごとく追い立て」（最

47

終節）られる不名誉な悲惨さと紙一重であることも認めた上で。しかし、注意深く読むと、一義的に「耐え難く、情容赦のない」のが「〈生〉」だと「言う」「〈時間〉」に対して、詩人は同意も否定も保留しているのです。

「〈追憶〉Souvenirs」「〈悔恨〉Regrets」「〈痙攣〉Spasmes」「〈恐怖〉Peurs」「〈苦悶〉Angoisses」「〈悪夢〉Cauchemars」「〈怒り〉Colères」「〈神経症〉Névroses」。なるほど、どれも前向きとはいえない、生に滞りあるいは支障を来たすことは確かなものたちであり（見るからに病的なものも幾つか含まれている）、日本的には人間の尊厳とは縁遠いものばかりですが、考えてみると（それらの語を大文字で始めず、日常の次元で考えてみると）、一律に「悪魔的な」厭わしいものと言って済ませるわけにもいきません。良きものであれ悲痛なものであれ「追憶」を欠いた、ただ目の前で起こること、あるいは目先のことに占有された生の薄っぺらさは言うに及ばず、自らの過ち・冷淡・卑怯に痛みを感じる「悔恨」なしには、よりよきありようを具体的に模索することは難しいし、心がふるえる以外の反応ができないような本当に美しいものを知らない豊かな生は考えにくいように思えます。また、妙な全能感（世論・数によって社会的に指導的位置にあると考える"大衆"の一人ひとりの"慢心しきったお坊ちゃん"ぶりに憤懣やるかたないオルテガ・イ・ガセットの『大衆の反逆』〔ちくま学芸文庫〕を思い起こしましょう）の解毒剤として「恐怖」（peur de 〜〔〜に対する怖れ〕の形で、対象の明確な意識と共に使われる）は重要であり、現実の見通せない複雑さや困難な側面の意識と不可分であり、様々な現実への相応な敬意を可能にするものとも考えられます。勿論、怖れ・敬意の対象が見失われ、自己の無力感が肥大する「苦悶」や、反対に、対象が肥大し、それに取り憑かれたようになる「悪夢」に至る可能性も否定できないわけですが、「怒り」は、不正のみならずあらゆる過度なものへの反応であるとすれば、病的な「苦悶」

や「悪夢」の解毒への良き契機でもあると考えられます。また、「怒り」が正しさを絶対化し過度な健全に傾く危険があるとすれば、常に正しくあるとはいえない自他の傷みへの「神経症」気味の鋭敏な感度は、呪わしいものとは一概には言えないでしょう。

　たとえばこのようにそれぞれの光と影の光の部分を膨らませてみると、人間の尊厳（人間的であること）や生の「厳粛」さは、生に滞りをもたらし、それぞれに危険を内在させもするこうした厄介なしろものを、それぞれ何らかの良き契機として引き受け、それらと繊細につきあってゆくことと切り離せない、あるいはそういった始終切り返しの必要な疲れる過程にしかない、と観念しているかのようなボードレールを考えることが、そんなに不当なことでも意味のないことでもないと思えるのですが、どうでしょうか註9。

　観念するというか、「醒める」でも「酔う」でもなく、日常の細々としたぎくしゃくした煩悶の何も端折らない覚悟、あるいは勇気。この勇気は天から降ってきたものではなく、日々不可避の「醒める」や「酔う」への惑溺では飽き足りなく感じる血の温かさ（整形しないなまの生への愛）がボードレールにあり、「醒める」ことでも烈しい陶酔によっても整流されない血のざわめき（これが「風」「波」「鳥」等々との共鳴、あるいは「後悔」「恐怖」「怒り」「神経症」等々との逃げ隠れしない共生を可能にするのでしょうが）に耳を閉ざさない繊細さへの勇気を彼が維持しようと（労多く）努めていたからではないかと思われます。セナンクール（19世紀）も「勇気は大胆というよりは地道に忍耐強い Le courage est plus patient qu'audacieux.」と言っています註10。

註9：この過程は労多くして実り少なしというわけでもないようです。生の「厳粛」さは、他の散文詩「時計 L'horloge」では、「フェリーヌ」と呼ばれる恋人の目、つま

り「そのうっとりするような文字盤の上に私の視線がやすらう」ことを妨げません。より正確には、彼女の目の奥底に、「夜であろうと昼であろうと、あふれる光のなかであろうと、見通せない陰のなかであろうと、私は常にはっきりと時間を見る、常に同じ時間、果てしない、厳粛な、空間のように大きな、分や秒の区分のない、或る時間——不動で、どんな時計の上にもしるされない、しかし溜息のようにかすかで、まばたきのように迅速な或る時間を」、つまり「〈永遠〉」を、という事態です。「〈時間〉」の「悪魔的なお供の一団」との日常的共生（「見通せない陰のなかであろうと dans l'ombre opaque」にその響きが認めらる）を通してはじめて垣間見られる「厳粛な solennelle」「〈永遠〉l'Éternité」。二度反復される「常に toujours」と、「溜息のようにかすかで、まばたきのように迅速な légère comme un soupir, rapide comme un coup d'œil」との不協和な並存によって、その「永遠」（どんなに一緒にいても十分だとは思えない愛の無限でしょうか）の日常性が示唆されてもいます（事あるごとに「常に」感じられる愛の無限に、日常の時間では十全に滞留できたためしがないことの確認と嘆きでしょうか）。

　日常から遠くにさまよい出る散文詩「旅への誘い」で思い描かれる「彼方 là-bas」も、やはり「そこではよりゆるやかに流れる時間がより多くの想念を含み、また、あらゆる時計が幸福の時を告げる、より深くより意味豊かな厳粛さをもって」、という捉え方がされています。その「厳粛さ solennité」の因って来るところは、「冷たい貧窮のなかで私たちをとらえるあの熱病、見知らぬ国へのあのノスタルジー、好奇心から来るあの苦悶」に駆動される想像力が、「おまえにほかならない大きな河の数々や静かな運河の数々が押し流す巨大な船」の航行と軌を一にすること、つまり「おまえの胸のうえで眠り、あるいは転々とする私の想念」を「おまえがゆるやかに海の方へ、つまりは〈無限〉に向けて導いてゆく」ように想像力と感覚を精妙な状態・レベルに調整すること、したがって「私の想念」が「豊かになって〈無限〉からおまえの方へ戻ってくる」のが可能であることに求められそうです。対照的に、『悪の華』の「憂鬱と理想」のパートに位置する韻文詩「旅への誘い」では、「理想」的な夢の風景が、

「おまえにそっくりのあの国」とは言われつつも、最終的には「世界は眠る／いちめんの熱い光のなかで」という陶酔のなかで、(「憂鬱」な現実に属する)「おまえ」が跡形もなく溶け去るかのようです。
　また、「厳粛さ」は、韻文詩「旅への誘い」が求めていた「秩序と美、豪奢、落ちつき、そして逸楽 ordre et beauté,/ luxe, calme et volupté」など、陶酔といかにも相性の良さそうなものとは異質の要素を生に不可欠なものとして求める・受け入れることとも関係がありそうです。散文詩「旅への誘い」の欲求は、脂濃い、脂肪質の、といった意味の形容詞 grasse (gras の女性形、渡辺邦彦訳では"脂身のように豊潤"〔『ボードレール パリの憂鬱』、みすず書房、2006年、52頁〕)を二度反復します(「そこでは生が脂濃く」、「料理さえもが詩的であると同時に脂濃く、刺激的だ」)。この不健康といえば不健康な何かへの傾きに加えて、「そこではすべてが美しく、豊かで、静かで、実直だ」における honnête は、実直、廉潔、誠実など、どう訳しても、陶酔にとっては興醒めな、むしろ"憂鬱"の原因ともなりかねない倫理性への傾きを消すことができません(「〈時間〉」の「悪魔的なお供の一団」のうち「〈後悔〉」「〈苦悶〉」「〈怒り〉」を思わせます)。
　さらに、最終部で生の「厳粛」さに至る「二重の部屋」に戻ると、前半の陶酔・〈永遠〉のパートに登場する「寝台の上に横たわっている〈偶像〉 I'Idole。あらゆる夢を支配する女王」——「確かにあの眼だ、その焔が黄昏の闇を貫くあの二つの瞳。それらの恐ろしいような小悪魔性によって私がそれと知る、あの鋭敏な、かつ凄まじいまなこ。それらに見とれるうかつな男の視線を、惹きつけ、魅了し、憔悴させる。」——と、後半の現実・〈時間〉に登場する「私に悲惨を訴え、私の生の諸々の苦しみに、彼女の生活の卑俗な細部の数々を付け加えに来る不名誉な情婦」が対立関係にないことも注目されます。「あらゆる夢を支配する女王」の「凄まじいまなこ」terribles mirettes。「凄まじい terrible」は、「悦楽の永遠」を粉砕する「凄まじい重たい一撃 un coup terrible, lourd がドアに鳴り響」くときにも用いられる形容詞であり、現実とも夢幻ともつかない或る強度・インパクトを表しています(あるいは夢幻のさなか

ではじめて現実が露(あらわ)にする強度?)。また、イタリックで強調された「まなこ」 mirettes は、俗語であり、阿部良雄氏の指摘するように、「やわらかに溶け合った色合いのさなかにこうした語を用いて不協和な効果を生み出す」(『ボードレール全集Ⅳ』、筑摩書房、1987年、455頁)ための、やはり、「惹きつけ、魅了し、憔悴させる」(attirer, subjuguer, dévorer) 存在における夢と現実との靭帯に焦点を合わせたものであると考えられます。「あらゆる夢を支配する女王」と「不名誉な情婦」を結ぶ靭帯(この二つの感じられ方が、他の詩篇や詩人の伝記的事実から、最も関係の長かった女性ジャンヌ・デュヴァルに対するものであることは容易に想像できます)。一人の女のまさに(この散文詩のタイトル通りの)「二重」性。あるいは、ある存在の光と影が表裏一体で知覚され、「憂鬱」と「理想」とがもはや(韻文詩集『悪の華』においてしばしばそうであるような)対立・優劣関係にないところに生の「厳粛」さがある、ということではないでしょうか。

註10:「醒める」ということでは、無常観がまず思い浮かびます。

たとえば『方丈記』の有名な冒頭。「ゆく河の流れは絶えずして、しかももとの水にあらず。淀みに浮ぶうたかたは、かつ消え、かつ結びて、久しくとどまりたる例(ためし)なし。世の中にある人と、栖(すみか)とまたかくのごとし。〔…〕知らず、生れ死ぬる人、何方(いずかた)より来たりて、何方へか去る。また知らず、仮の宿り、誰(た)が為にか心を悩まし、何によりてか目を喜ばしむる。その主と栖と、無常を争ふさま、いはばあさがほの露に異ならず。或は露落ちて花残れり。残るといへども朝日に枯れぬ。或は花しぼみて露なほ消えず。消えずといへども夕を待つ事なし」。

しかし、この冒頭に明らかな無常観の伝統、一時の仮の宿に過ぎない家をだれのために「心を悩ませて」造り何のために「目を喜ばせる」ように飾るのか、気が知れない、などとうそぶかせる、醒めること(現実に心を煩わされない、人間の現世的な営みに"気が知れない"という姿勢で臨むこと)のなかに心の安定・平静を得ようとするいわゆる無常観と、鴨長明本人の生への関心のありようとは別に考える必要はありそうです。

長明が直接体験した五大災害（安元の大火・治承の辻風・福原遷都・養和の飢饉・元暦の大地震）の描写を読むと、ただこの世の無常とはかなさを実証するために書かれたものとは言いがたく、虚しいと分かっていても細かに時代の現実に対して開かれた関心のありよう、あるいはなまなましい心のありようを、そこに見ないわけにはいきません。

　たとえば養和の飢饉に際して。憐憫の情に納まりきらないほどの多くの悲しい声を耳に満たしつつも（「乞食（こつじき）、路のほとりに多く、愁（うれ）へ悲しむ声耳に満てり」）、さらに広範な無数のいたましい事実に細かな関心を寄せずにはいられない心と眼――「前の年、かくの如く辛うじて暮れぬ。明くる年は立ち直るべきかと思ふほどに、あまりさへ疫癘（えきれい）うちそひて、まさざまにあとかたなし。世の人みなけいしぬれば、日を経つつきはまりゆくさま、少水（せうすい）の魚（いを）のたとへにかなへり。はてには、笠打ち着、足引き包み、よろしき姿したるもの、ひたすらに家ごと乞ひ歩（あり）く。かくわびしれたるものどもの、歩くかと見れば、すなはち倒れ伏しぬ。築地（ついひぢ）のつら、道のほとりに、飢ゑ死ぬるもののたぐひ、数も知らず。取り捨つるわざも知らねば、くさき香（か）世界にみち満ちて、変りゆくかたちありさま、目も当てられぬこと多かり。いはむや、河原などには、馬・車の行き交ふ道だになし。あやしき賤山（しづやま）がつも力尽きて、薪（たきぎ）さへ乏しくなりゆけば、頼むかたなき人は、自らが家をこぼちて、市に出でて売る。人が持ちて出でたる価（あたひ）、一日が命にだに及ばずとぞ。」

　彼が眼を閉ざさないのは、ああなんと無惨にはかないものか、という一律な感情では応えきれないこうした様々な現実の細部だけではなく、憤りで応えざるを得ない事実（これも人間の事実）でもある――「あやしき事は、薪の中に、赤き丹（に）着き、箔（はく）など所々に見ゆる木、あひまじはりけるを尋（たづ）ぬれば、すべきかたなきもの、古寺に至りて仏を盗み、堂の物の具を破り取りて、割り砕けるなりけり。濁悪世（ぢょくあくせ）にしも生れ合ひて、かかる心憂きわざをなん見侍りし」。

　憐憫に心を傷める際にも、生身の人間・情の理解への欲求が随伴していきます――「ま

53

た、いとあはれなる事も侍りき。さりがたき妻（め）・をとこ持ちたるものは、その思ひまさりて深きもの、必ず先立ちて死ぬ。その故は、わが身は次にして、人をいたはしく思ふあひだに、稀々（まれまれ）得たる食ひ物をも、かれに譲るによりてなり」。

しかし、こうして見たくないものにもそれが人間の現実であれば目を閉ざさず、広範にまたつぶさに見つめ、それぞれに振幅をもって心を砕き、事情をたずね…、という日々の詮無いといえば詮無い営みを惜しみなく続けていた人が、その営みを人間の本分として引き受ける代わりに、以下のように、「人をはぐくむ」ことを脇に置いてまで"どうすれば少しの間でもこの身を安住させ、心を休めることができるのだろうか"といった「安定や確実」を欲するに至るのを見るとき、それを残念なことだと思ってはならないのでしょうか？――「人を頼めば、身、他の有（いう）なり。人をはぐくめば、心、恩愛につかはる。世に従へば、身苦し。従はねば、狂せるに似たり。いづれの所を占めて、いかなるわざをしてか、しばしもこの身を宿し、たまゆらも心を休むべき」。

あるいは、方丈の庵を結び、「たゞ、仮の庵のみ、のどけくして、恐れなし」と記されるのを、結局は無常観という醒めてあることへの誘惑に屈したと見るべきではなく、そこにこそ成熟への勇気を見るべきなのでしょうか？

Ⅲ．ボードレール（２）
「異邦人」、愛の苦さ

――きみは誰をもっとも愛しているのだ？言ってごらん、謎めいた男よ、きみの父親か、母親か、姉妹かそれとも兄弟か？
　――私は父も母も姉妹も兄弟も持っていません。
　――きみの友人たちか？
　――あなたは今或る言葉を使われましたが、それは、常々考えてきたにもかかわらず、その意味が今日に到るまで私には未知のままにとどまっている幾多の言葉のうちの一つなのです。
　――おまえさんの祖国は？
　――私はそれがどんな緯度のもとに位置するのか知りません。
　――美女？
　――もし仮に女神であり不死であればよろこんで愛するものを。
　――金は？
　――私はそれを憎悪します、あなたが神を憎悪なさるのと同様です。
　――へぇぇ、それじゃいったいぜんたい何を愛してるんだ、とんでもない異邦人さんよ？
　――私は雲を愛します…行き過ぎる雲を…あそこ…あそこを…すばらしい雲たち！

１．慢心せる俗物への皮肉は幾重にも

　「異邦人」（『パリの憂鬱』作品１、1862初出）という散文詩です。
　「私」は詩人、「きみは…」といきなり親称で話しかけてくる男はブルジョア社会を動かす俗物、といった理解でいいのではないでしょうか。フランス語では、親しい相手は tu、馴れ馴れしくすべきでない相手は vous、と区別して呼

びますから、相手がどんな人だかわからないのにいきなり親称のtuで呼びかけるとは、怖れも敬意も知らない俗物に決まっています。対して「私」の方は礼儀正しく相手をvousで呼んでいます。もっとも内容的には「私」の返答は慇懃無礼というか、皮肉に富んだものになっていますが。

「金銭に対する熱意以外のすべてのものは、一切、甚だしく馬鹿馬鹿しいものとみなされる」(「火矢」15、『ボードレール全集Ⅱ』、人文書院、1963年、236頁)ブルジョア社会の一成員としては、「もっとも愛している」対象として5番目の選択肢を最初に持ってきたいであろうところを、さすがにそれでは身も蓋もないので、まず穏当に家族あたりから始めたというわけでしょうが、見透かしたような否定に会います。受ける利得を何よりも優先するブルジョアとしては、「父親」「母親」「姉妹」「兄弟」を、保護、安楽、暖かい居場所(フォワイエfoyer、炉、家庭)等の提供において意味を持つ役割存在ぐらいにしか考えない、ということが見透かされているのでしょう。に対して、そういう意味なら「私は父も母も姉妹も兄弟も持っていません」と皮肉に答える詩人。そう言えばボードレールは「私は毛皮の匂いと女の匂いを一緒にしていた。私は思い出す…結局、私は母親をその華美éléganceの故に愛していた」(「火矢」12、前掲書231頁)とも、「たぶんもう遅すぎるのだろう!——母〔…〕。——慈悲によって、義務によって、私に健康を!——〔…〕母の病身と孤独」(239頁)とも書く、つまり母親に役割存在よりも一個の女とか生死老病を免れない生身の人間を見る人であったことが思い起こされます。

「友人たち」についても同様に、おそらく困ったときに助けてくれる、あるいは自分を肯定してくれる、自尊心を満足させてくれる誰かとして明確に線引きができているらしい質問に対して、詩人の方はあてこするような或る現状認識を語る。たとえば、良薬口に苦しの生ける実例であることがもしかすると相

当後になって分かるかもしれないが現時点では嫌なだけの人間や、あるいは、助けてくれるどころか心配ばかりかける人間まで「友人」に含めるべきか、ともかく今もってその言葉の意味が確定できずにいるという現状認識には、いやしくも愛が関わる限り（「友人」ami は愛する aimer から派生した語）安心させる明確な結論は出ないのだが…、といったあてこすりを読みたくなるところです。

　やはり、安心を、というか、わかりやすいアイデンティティ・拠り所を保証してくれるものとして持ち出されたとおぼしき「祖国」についても、「私」は、愛するもなにも、そもそも地理的に確定不能だと切りかえしています。豊かであるべき心的活動が根をおろす精神的祖国は広く求めるべし、という皮肉でしょう。このくだりへの註で、「1860年前後のボードレールは、"世界の精神的市民"とも言うべき cosmopolite な芸術家 Constantin Guys に強い共感をおぼえ、ギースを主人公として評論"現代生活の画家"を書いた」ことを引き合いに出す阿部良雄氏（『パリの憂鬱・第１集』、芸林書房、1978年、63頁）に従いたいと思います。

　「もし仮に女神であり不死であればよろこんで愛するものを」と言われる「美女 la beauté」については、『悪の華』の韻文詩「美 LA BEAUTÉ」を参照することがお定まりの挙措になっています。なるほど、「…私の胸は／詩人に愛をよびさますためにつくられている、／物質と同じように永遠で無言の愛を」あるいは「詩人たちは、威厳に満ちた私の様々な姿勢を前にして／〔それらを〕私はこの上なく誇らかなありとあらゆるモニュメントから借りたように見える〔ことから〕／厳しい研鑽に彼らの日々を使い果たすだろう」、あるいは「永遠の光をたたえた私の大きな眼」などの詩句には、散文詩の「女神 déesse」や「不死・不滅の immortelle」と密接に響きあうものがあります。

したがって、「美女」を、(自尊心の満足のために)所有しておくだけの、あるいは取っ換え引っ換え享楽しては棄てて顧みない対象、つまり所有か消費の対象ぐらいにしか考えていないブルジョア的心性を小馬鹿にするように、口説き文句すら出てこない「物質と同じように永遠で無言の愛を」「よびおこ」し、安閑と所有などされもしない「この上なく誇らかな」「女神」のような、また、消費の気軽な対象になるどころか「厳しい研鑽に日々を使い果た」さざるを得ないほど「永遠の光をたたえた」「不滅の」「美女」を相手にしてごらんなさい、と読めないことはないと思います。

　しかし、「よろこんで愛するものを je l'aimerais volontiers」は条件法であって、現実を脇に置いた上での純然たる推定や意志(直説法未来形で表す)ではないという事実があります。条件法は基本的には反現実の仮定、現実にはありえないことと意識した上での願望的想定です。女性が「女神であり不死である」ことは現実にはない、したがって、よろこびいさんで愛するということもない、の裏返しの表現であると同時に、愛するということはない、という断言では決してない、そう理解されます。アンチ俗物の皮肉とはいえ、もう少し内攻した言表を読まねばなりません。この点については最後の「私は雲を愛します」云々の発言と比較しながら検討します。

　「金は？」に対するあざ嗤うような返答については、このくだりへの渡辺邦彦氏の註に従います——「"だれも二人の主人に仕えることはできない。一方を憎んで他方を愛するか、一方に親しんで他方を軽んずるか、どちらかである。あなたがたは、神と富とに仕えることはできない"(《マタイによる福音書》6章24節、《ルカによる福音書》16章13節)を踏まえる」(『ボードレール パリの憂鬱』、みすず書房、2006年、166頁)。「私」から何らかの同意を引き出すために性懲りもなく質問を続ける現代人多数派の代表者には、しかし、「仕える」と

59

いう意識はないのでしょう。あなたがたは「金」を使用している、自由と（それを具体化する）力をもたらす何か、主体的に生きることを可能にする貴重な何かとして利用しているのだとお考えだろう、もっとも、その自由は愛を知らず、ただ安楽に生きることを選ぶ自由（ということは人間性の最下層を構成する冷淡軽薄さへの隷従・拘束状態）にすぎないのだが…。こうした皮肉[註1]が、好き勝手に利用できない、「仕える」ことでしか関係できない「神を憎む」姿勢への揶揄に含まれているものと想像されます。

　こうして、自明の価値だと思っていたものがことごとく否定されたことにさすがに気付いたのか、苛立ちに語気を荒げる俗物に対して、「私」を"どうこう言っても所詮は同じ人間"の枠にはめようとする、何が何でも安心しようとするその根深い俗物性を完全に脱臼させるためにでしょう、「私」は、彼が思っていたよりはるかに「とんでもない extraordinaire」、「雲」への愛を語る。しかし、この愛を語る文言に、専ら俗物を戸惑わせるための、価値観の異なる他者の存在に気付かせ、人間的な不安を学ばせる、いわば教育的効果を狙う意図を見るだけでは不十分な、対俗物のとは異なるレベルの言表があることは、従

註1：「世界は終りに近づいている。〔…〕かりに世界が物質的に存在しつづけるとしても、それは世界という名と歴史辞典に値する存在であろうか。〔…〕われわれが原始的な状態にかえり、われわれの文明の草深い廃墟をふみわけて銃を片手に餌を探し求めるようになるだろう、と言うのでもない。〔…〕機械類の発達はわれわれをアメリカ化し、進歩はわれわれのうちにある精神的部分をすっかり萎縮させてしまうだろう〔…〕世界の衰頽あるいは世界の進歩（衰頽といっても、進歩といっても、名前はどちらでもよいが）が現れるのは、かならずしも政治上の制度によるものではない、それは人心の低下 l'avilissement des cœurs によるものであろう。〔…〕」（「火矢」15、『ボードレール全集Ⅱ』、人文書院、1963年、235-6頁、下線引用者）

来から指摘されています。

2．死すべき存在への愛、自然への愛

　どの注解でも次のことが触れられないことはありません。この詩が北仏ノルマンディー、セーヌ河口のオンフルールで書かれたこと、またその小さな港町で1859年にボードレールは画家ブーダンと知り合ったこと、また、この印象派の先駆者がパステル画エチュードに表現した「雲や波」の「形においても色においても、この上なくうつろいゆき、把握しえないもの ce qu'il y a de plus inconstant, de plus insaisissable dans sa forme et dans sa couleur」に対して美術批評『1859年のサロン』のなかで賛辞を述べていること。たしかにこれらの事実は、この詩の末尾に位置する「すばらしい雲たち」という称揚表現を説明してくれるように思えます。しかし、『1859年のサロン』のなかでさらに続く賛辞は、「愛する」ということとは若干そぐわない方向に逸れていきます──「ついには、それらの夢幻的で光に満ちた形をした雲たちは、〔…〕これらのあらゆる深いものたち、これらのあらゆる光輝のみなぎるものたちは、私の脳髄に効いてきた、頭をくらくらさせる飲み物のように、あるいは阿片の雄弁さのように」。

　「私は雲を愛します…行き過ぎる雲を…あそこ…あそこを…すばらしい雲たち！」というせりふの口調はうっとりとしたもののはずですが、ブーダンのパステル画のなかで心を捕らえた「うつろいゆき」「把握しえない」、「夢幻的 fantastique」性格は、「行き過ぎる」（動詞 passer）という素っ気無い表現に、凝縮されているというよりは、かすかに感じられるだけです。また、「雲 les nuages」という語は3回反復されますが、とりたててその「すばらしい」性

61

質を膨らませるような展開部をもたないまま、ぞんざいに投げ出されてあるようです。また中断符を4回も挿んでおり、称揚の熱意が萎えたかのようでもあります。解体しつつある何かを感じずにはいられません。

　感動や陶酔ではなく愛を主題とする詩（冒頭の質問から「愛する」という動詞が使用される）のなかでは、「夢幻的」かつ悠久な自然（ボードレールが「雲や波」にとりわけ強く感じるもの）への愛は、別種の愛の強度との比較で、必然的に格下げになった、ということではないでしょうか。この詩のなかで「私」が「愛する」という動詞を使用する文は、「雲」に関するこの文と、（「美女」について）「もし仮に女神であり不死であればよろこんで愛するものを」という文、二つだけです。

　自然の「夢幻的な」光景は（とりわけ芸術の切り取りと精妙な処理を受けた場合）、なるほど惑乱的な陶酔をもたらすかもしれない（それらは「脳髄に効〔く〕、頭をくらくらさせる飲み物のように、あるいは阿片の雄弁さのように」）。しかし、いかに惑乱的であろうと安全な距離が確保されている（「あそこ…あそこを… là-bas... là-bas...」は、遠い距離のむこうを指差す言葉であると同時に、隔たりの確認であるようにも読める）以上、そこに生じる不可避の変化が心をかき乱すでしょうか？心にじかに触れる傷み、思い切れない何かをもたらすでしょうか？つまり、ああ、と思った雲の形が崩れ、心を奪う波の響きや色合いが衰微するのを見、聴きするとき、いかにも惜しいとは思っても、そのそこはかとない愛惜と、憎からず思う女性のたとえば容貌の些細な衰えにも我がことのように感じられる鋭角の痛みとを、（たとえばもののあはれでくくって）同列に置けるものでしょうか？自然にまつわる惑乱も愛惜も、跡形もなく「行き過ぎる」…なにしろ相手は悠久ですから。新たな光景や表情が疲れもなく癒やしを差し出しながら瑞々しい継起をやめない。したがって、「私は愛する」

というすっきりした、気を安んじた表明に馴染む、ということではないでしょうか。「すばらしい雲たち」の「すばらしい merveilleux」という形容詞が、"奇蹟"（地上的人間の切ない営みとは本質的に無縁の現象）を意味する名詞 merveille から派生したものであることも度外視できません。

に対して、「もし仮に女神であり不死であればよろこんで愛するものを」という、人間（「美女」）への条件法で屈折した愛の表明は、「行き過ぎる」ことのない傷みと不可分であると思われます。条件法は空想的なすっきりと前向きな仮想（直説法未来形の世界）ではなく、現実意識を重く引き摺っています。「女神」のように絶対的な支配力（むこうから否応なくやってきて魂に触れ、呪縛する力）を有し、時間の影響を受けない（傷み・損壊とは無縁の、まさに夢のような）「不死・不滅の」「美女」を夢想・賛美する傾向のあるロマン派的恋愛観への皮肉もあるのでしょうか、そのような（「雲」など悠久な自然への愛着と本質的には区別できない）或る意味無責任な、依存的で気の楽な空想的賛美と手を切り、現実に足をおろしたときに見えてくる、私たちがしばしば知らない振りをしつつも骨身に沁みて知っていることは何か？現実の「美女」は（とはいえ浮薄な美醜の区別・差別に基づいてのことではなく、私たちがそれぞれに強く惹かれる女性を集合的に言っているのでしょうが）、「女神」のように絶対的な支配力を有さず、全面的・手放しの崇拝の対象にはなりえない[註2]こと。また、「不死・不滅」でもなく、時間の作用のもと、容貌・肢体の少な

註2：｜私はいつも女が教会に入ることが許されていることに驚いたものだ。女が神とどんな会話をなしうるのだろうか。／永遠のヴィーナス（浮気 caprice、ヒステリー、気紛れ fantaisie）は、悪魔の誘惑的な形の一つである」（「赤裸の心27」『ボードレール全集Ⅱ』、人文書院、1963年、256頁）

からぬ部分において（「雲」のように）移ろいゆく、感情的にも道徳的にも不安定な存在であり、しかもそうした衰微・変動の直接不可避の結果として、こちらに、一過性でない（「行き過ぎる passer」ことのない）、自分が傷つけられたかのように心身にじかにこたえる痛み、怨みを刻みつける（すっかりうんざりすることはできないし、痛みで夢幻が根絶されることもないにせよ）。けっして安全な距離をとることができない。だから、「よろこんで〔volontiers：自発的に、好き好んで〕愛する」ような対象とは言えない。しかしこれは、繰り返しますが、愛さない・愛せないとの断言では決してありません。

　俗物との会話としてではなく、詩の内部の前後関係として、次の質問「金は？」との関係を考えましょう。物質的安楽の享受に自由はあるという発想に拘束され、そういう自由をもたらすものとしての「金」に隷属した俗物において問題視されるのは、より根本的には、安楽への隷属（人間の弱さ）にほかならない自由というものの頽落したありようでしょう。「もし仮に女神であり不死であればよろこんで愛するものを」、という、「私」が思わず洩らした本音も、頽落した自由への隷属を露にしています（だから相手も警戒を解いて本音〔「金は？」〕を露にした、という会話になっている）。じっさい、仮に「不死の」「女神」のような絶対的な、緩むことのない支配力を持つ女がいたとして、そんな存在を愛の対象にすることに、どんな自由があるのでしょうか？他の返答では一貫して或る意味"強がり"を言っている「私」が、こと狭義の愛に関しては、それがもっとも困難な領域であるということでしょう、俗物と本質的には同一の"弱み"を見せる、そこに作者の渋面が垣間見えます（とりわけ幾重にも屈折した人間であるボードレールに関しては、作者と作中の"私"とを不用意に同一視できませんから）。しかし、口まで出かかっていることは明らかに次のようなことでしょう——死すべき存在への、さまざまな傷みと不可分な、（夥

しい享楽・陶酔をのみこみながら）必然的に苦渋で満ちる愛を、人間的愛として引き受けることにこそ自由を用いるべきだ。しかしまた、そうとは口に出せない渋面に、詩人自身を含めた人間というもののなかに拭いがたく永続する弱さ、俗物性、冷淡浮薄への重く苦い現実意識が推し量られます。

　ともかく、ここにこの詩の強拍（人間的な困難を抱きしめようとする血のざわめき・温かさ・こまやかさのもっとも屈折した高まり）を感じるためには、結論的であるべき詩の最終部が間延びした詠嘆のなかに解体寸前のありさまの頼りない詩句となっているせいで、「愛する」という動詞を伝手に、詩のほぼ中央に位置する、条件法でいやに沢山のことを畳み込んだこの詩句へと、どうしても、何度でも、送り返される経験をするだけで十分だと思われます註3。

註3：「美女」と「雲」への愛の差異を、死すべき存在と（無数の衰滅を含むが）悠久の自然とを対比するのとは別の視点（生と芸術）から考えることもできます。阿部良雄氏は、この散文詩集の根底にある動機を「詩 poésie を芸術 l'art の側から生 vie の側へ移すこと、言いかえれば、閉ざされた方式 système の中から、開かれた現実の中へ出て行くこと」とするジョルジュ・ブランの見方を重要視しておられます（『ボードレール全集Ⅳ』、筑摩書房、1987年、449頁）。

　この動きを、散文詩「スープと雲たち」にたどることができます。「〔…〕私は、食堂の開いた窓から、神が水蒸気で造り給う動く建築、触れえぬもののすばらしい構築物 les merveilleuses constructions de l'impalpable に眺め入っていた」という文で始まりますが、あたかも、額縁（「食堂の開いた窓」の枠が象徴する）で生・現実から切り取られ隔離され、"芸術"の"方式"によって、飽かず「眺め入る contempler」ことのできるもの（「動く建築」）へと作り変えられた「雲」においては、現実の雲が呼び起こす愛惜は無縁であるかのようです。「動く建築 les mouvantes architectures」の「動く」（尽きることなき変動を表す mouvant）には、「異邦人」の喚起する現実

の雲の「行き過ぎる passer」という動詞の移ろいやすさ・衰微消失・はかなさの含意はありませんから。直後に、雲の「夢幻」性（陶酔）から、「ほとんど同じ」強度を持つ、"生"に"開かれた現実"（愛）への移行が行なわれています——「こうしたすべての夢幻的なものたち toutes ces fantasmagories は、私の美しい恋人の、緑色の眼の可愛い怪物じみた浮かれ女の眼 les yeux de ma belle bien-aimée, la petite folle monstrueuse aux yeux verts と、ほとんど同じほど美しい」。

「異邦人」では、ブーダンの"芸術・閉ざされた方式"によって親〈陶酔〉的な惑乱性へと高められた雲が、〈愛〉を主題とする詩のなかで濾されて、より現実のありように近い雲、つまり"生"に"開かれた現実"としては希薄な存在、愛惜に値するだけの雲になり、その希薄さを、"生"に相応しい濃密さに高めるために、死すべき存在への苦渋に満ちた愛が呼び出された、とも考えられます。

「スープと雲たち」の「美しい恋人」「可愛い怪物じみた浮かれ女」——「間違いなく彼女は、信仰を別にしても、いくつかの美徳を持っている。だが、とりわけ彼女が持っているのは、貞節の反対をなすような美徳である」という（やはり屈折した）言い方もされる、ボードレール最後の恋人であり20年前のジャンヌ・デュヴァルに酷似したベルト（『ボードレール パリの憂鬱』、みすず書房、2006年、渡辺邦彦氏の訳注191-2頁〕）——の「緑色の目」には、「異邦人」では折り畳まれたままの、濃密な愛と人間的生への開けがとぐろを巻いているのですが、その展開については、補遺:「いずれが本当の彼女か？」と「描きたい欲望」の解釈の試み、を参照下さい。

Ⅳ.『ル・プティ・プランス』
通称"星の王子さま"（１）
：毒舌家の情愛

1.「点燈夫」の麗しい奉仕精神？

　2005年以降続々と刊行された訳書[註1]が、*Le Petit Prince* というタイトルを、少数の例外を除けば"小さな王子"と直訳[註2]することなく、初代訳者内藤濯氏による"星の王子さま"という——こどもの純粋さをキラキラしたかわいらしい愛玩物のように扱う、いいおとなの無責任なあこがれと悔恨を秘めたかのような——訳を踏襲していることからもわかるように、この小説（1943年）でもっとも人気がある（賛否両論すらない）のは主人公の「王子」ですが、二番目となると、後で触れる「キツネ」か、小惑星の住人「点燈夫 allumeur」（14章）ということになります。

　註1：2005年には、山崎庸一郎訳『小さな王子さま』（みすず書房）、川上勉・廿樂美登利訳『プチ・プランス』（グラフ社）、池澤夏樹訳『星の王子さま』（集英社文庫）、藤田尊潮訳『小さな王子、新訳「星の王子さま」』（八坂書房）、倉橋由美子訳『新訳・星の王子さま』（宝島社）、小島俊明 訳『星の王子さま』（中央公論新社）、三野博司訳『星の王子さま』（論創社）、など。2006年には、野崎歓訳『ちいさな王子』（光文社古典新訳文庫）、河原泰則訳『小さな星の王子さま』（春秋社）、河野万里子訳『星の王子さま』（新潮文庫）、稲垣直樹訳『星の王子さま』（平凡社ライブラリー562）、三田誠広訳『星の王子さま』（講談社、青い鳥文庫）、など。

　註2："王子"ではなく"君主"が素直な直訳——「小さな」は、愛らしい、という意味と、背丈が小さい、「偉大な君主 grand prince」（20章）ではいまだない、などの意味でとるべき——だという有益な指摘もあります（『星の王子さま☆学』、片木智年、慶應義塾大学出版会、2005年、19-28頁）——そういえば、イタリア語版の直訳タイトル *Il Piccolo Principe* から piccolo を取ると、有名なマキャヴェッリの『君主論』と同タイトルになります——が、便宜上（なにしろ文化風土が違いますから"君主"では座りが良くないので）以下では"王子"で通します。「さま」は馬鹿らしいので付けません。

この男は、一分間で自転するようになってしまった小さな惑星の上で、ひっきりなしに、他の住人も街もないというのに、一本の街灯の火を、夜になると点け、朝になると消し、という目まぐるしい作業を怠りなく遂行しながらただ疲労困憊を嘆いています。主人公は事情を聞く前に、彼のしていることを見ただけで、まずこう考えます。

　　なるほど、おそらくこの男は不条理 absurde だろう。しかし彼は、王様や慢心男やビジネスマンや酒飲み〔＝他の小惑星の住人〕ほど不条理ではない。少なくとも、彼の仕事は或る意味を持っている。彼が街灯に火をともすとき、あたかも彼は星をもう一つ誕生させるかのようだ、あるいは一輪の花を。彼が街灯の火を消すとき、それはその花あるいは星を眠らせる。これは実に素敵な仕事 occupation très jolie だ。それはほんとうに有益なのだ、なぜなら素敵 joli だから。

　一向にかみあわない質疑応答がいろいろあった後、惑星を去った王子が「点燈夫」について下した最終的な評価はこうです。

　　あの男は、他の誰からも軽蔑されるだろう、王様にも慢心男にも酒飲みにもビジネスマンにも。しかし彼は、私には滑稽に思えない唯一の存在だ。それはおそらく、彼が自分自身以外のことに専心しているからだ。

　初期評価と最終評価に一見変化はないようです。「点燈夫」のやっていることは、まず、そんなに「不条理ではない」と感じられ、最終的にも「私には滑稽に思えない」。しかし、評価の根拠となると、最終評価における「自分自身

以外のことに専心する s'accuper d'autre chose que de soi-même」こと（どちらかと言えば素っ気無い表現）と、初期評価の理由としてあげられる、「実に素敵な仕事だから」「有益 utile」であること、また「素敵」であることの露に詩的な説明（「彼が街灯に火をともすとき、あたかも彼は星をもう一つ誕生させるかのようだ〔…〕」）とは、随分表現の性質が違うように思います。

　日本の論者は「自分自身以外のことに専心する」点に奉仕精神、自己犠牲、献身的姿勢を見て、特に重要視する傾向があります。訳文も同様で、大多数は、人間いかに生きるべきかといった訓戒を垂れるかのような文になっています。「自分のためじゃないことに汗水流している」、「自分自身以外のことに一所懸命」、「自分以外のものの世話をしている」、「自分のことだけではなくて、ほかの人のことも考えている」、「自分以外のことに骨身を惜しまない」、等々。

　しかし、ここで言われる「自分自身以外のもの」とは、これらの訳が疑いもせず信じているらしい、ある人とか人々のことでしょうか？王子と「点燈夫」の会話はたいていかみあわないのですが、それでも王子が確認できたことは、「不条理」にしか見えない作業の遂行について、「点燈夫」は、「指令 consigne」に従っているだけ、という認識しか持っていないことでした。「指令だ」と説明されても「わからないな」と言う王子に、「何も理解すべきことはない、指令は指令だ」と点燈夫は言うのです。様々な訳文は、どうしてこの事実を失念する（あるいは文脈を無視する）のでしょうか。「おれはいつだって休みたい」、「人生においておれが愛するのは、眠ることだ Ce que j'aime dans la vie, c'est dormir」と言う彼が、その「自分自身」を犠牲にしてまで、また、自分が遂行しているのが「とんでもない仕事」と重々承知の上で、ある「指令」に従うということは、確かに奉仕精神かもしれませんが、あまり麗しい部類のものとは思えません。「自分自身以外のこと」とは、その不可解な「指令」にほかな

らないわけですが、その「指令」を「理解」しようともせず、従って、自分の「仕事 métier」に責任を持とうとも自分なりの意味を見出そうともせず、「仕事」を通して"ほかの人"や"自分のためじゃないこと"への何らかの貢献ができる可能性も考えず、貢献の希望を持とうともせず、そもそも愛というものを全く欠いているのですから。

　というのも、「点燈夫」は「指令」以外には聞く耳を持たないことが会話の進行とともにますます明らかになっていくので、決して王子が彼に言い出せないことの一つ（あるいは最たるもの）なのですが、王子の第一印象（「それは実に素敵な仕事 occupation très jolie だ」）は愛の可能性を語っているようだからです。第一印象というより、垣間見た可能性と言う方が適切かも知れません。「点燈夫」が他人事のように「〔どこにでもある〕とんでもない仕事〔のうちの一つ〕un métier terrible」としか捉えないものが、専心事（心を占めること）としての「仕事 occupation」、それも「実に素敵な仕事」になりうるという可能性。どうして「素敵」かというと、「彼が街灯に火をともすとき、あたかも彼は星をもう一つ誕生させるかのようだ、あるいは一輪の花を。彼が街灯の火を消すとき、それはその花あるいは星を眠らせる」からです。愛が感じられませんか？しかし、「それはほんとうに有益なのだ、なぜなら素敵だから C'est véritablement utile, puisque c'est joli」という、少しわかりにくい理屈が付加されて、「彼の仕事は或る意味を持っている」ことの確認になっていました。

　少しわかりにくい理屈においては「有益」性のみが重視される傾向にあります。なぜ「素敵」かはたいてい素通りです。たとえば、「街灯に火をともすことは、この世に光明をもたらすことに通じるのではないだろうか。こんなに有益な仕事は他にあるまい」（『おとなのための星の王子さま』、小島俊明、ちくま学芸文庫、2002年、115頁）。あるいは「この世に美しさと慰めをもたらす」（『「星の王子さま」

/1

の見えない世界』、水本弘文、大学教育出版、2002年、101頁）という意味づけは、（「もたらす」という結果が）「有益」かつ（「もたらす」内容も）「素敵」、の説明にはなりますが、王子の言う、「素敵だから」「有益」という独特な論理を説明してくれるものではありません。「素敵だ」と言われていることを検討しましょう。

照らし出された惑星 planète はある程度の距離から見ると「星 étoile」に見えるので、「点燈夫」によって点燈された惑星は、遠くから見ると「彼は星をもう一つ誕生させるかのようだ」ろうというのはわかります。が、「あるいは一輪の花を」という付加は何か？当然、王子は、自分の惑星に（関係の困難さに途方に暮れて）見捨ててきた恋人の「バラ」（経緯は6〜9章で語られる）のことを重ねて考えているわけです（そもそも6つの小惑星の歴訪、それから地球への旅は、恋に傷ついた王子の「ともだち」〔＝恋人の代替物〕探しの旅であるわけですが、もう色恋沙汰はこりごり、という状態ではなく、傷心は癒えず、バラへの思慕も止まずであることは、思いに沈める「日没」をどこに行っても探すことからも明らかです）。消灯に関しては、「花」が「星」よりも先に「眠らせる」対象としてあげられています。「点燈夫」の仕事を見ながら王子は次のように思いを膨らませているのではないでしょうか？

点燈は、「花」を「誕生させる」。しかし、消灯の際の「眠らせる」との関係で言えば、「誕生させる」から想像できるのは、目覚めさせる、しかも毎朝の目覚めがそのつど「誕生」であるように、一日を始めることが真新しい希望とともにであるようにする、つまり、瑞々しさを失うことのない希望を相手に与え続ける（至難の業であるような気がしますが）、あるいはもっとつつましく、見開かれた目のなかに新たな一日を始める歓びが輝くのを見る、等々のことです。消灯は、「花を眠らせる」、彼女に安らぎを与える・回復させる、静かに眠りにおちる彼女に見入る、等々。もしこんなことが「専心事 occupation」で

あれば、それが「有益」である前に「素敵」であることは理屈以前の問題でしょう。他者の日々の生の営みに官能的に触れる・関与するよろこび。まごころとかひたむきな思いといった目に見えないものを越えて、「点燈夫」の街灯が放つ光に象徴される物質的次元の何か——王子もこのヒントから何を考えつけばよいのかこの時点ではわからないようです——によって他者により密接に関与できるよろこび、他者を(大切にする心を越えて何らかの現実的行為によって)大切に扱うことのよろこび註3。

註3：王子は自分の惑星で、日々いろいろなものの世話をしていたのですが、その世話を、自分に返ってくる実利的な何かの点でしか、つまり「有益」性においてしか意識していませんでした——「彼は入念に soigneusement 活火山の噴火口の煤払いをしました。彼は活火山を二つ持っていたのです。それらは朝食を温めるために実に便利でした。休火山も一つ持っていました。しかし、王子の言うように、"一寸先のことはわからない"から、休火山も煤払いしました〔…〕」。しかし出発の朝、実利において「有益」だから「入念」にするのだとばかり思っていたそうした「慣れ親しんだ作業・仕事のすべて tous ces travaux familiers」が、実は「極度に甘美 extrêmement doux」な何かであることを発見したことが語られています(9章)。「自分以外のもの」を「入念に」世話をする、大切に扱う「作業・仕事 travail」は、見返りを求める行為である以前に、対象への官能的な接触であり、とろけるような甘美さを伴う、という事情(私たちもこれに遅まきにしか気付けない?)は、ここでの「実に素敵な専心事」に通じるものがあります。

大切に扱うことが「極度に甘美な」何かになる、これが相手との合い性の問題なのか、馴染んだからなのか、こちらの心の「井戸」(後述)の掘り方の深度の問題なのか、何とも言いようがないのですが、「素敵だから」「有益」という王子の独特な論理については、日々の丁寧な関わりがこちらにとって図らずもどこかとろけるように「甘美」(＝「素敵 joli」)な何かにならなければ、その関わりは相手にとっても「有益」にはならない、と理解できないでしょうか。押売り愛他主義("ただあなたのためを思って、よかれと思って…")や義務感からでは、有難迷惑になる確率が高いように思えますし、

王子は、さんざん遅疑逡巡を重ねたあげくにではあれ、ともかく最終的にはバラのもとへの帰還を決心するわけで、そういう相手がいるから、希望を膨らませることができる。しかし「点燈夫」にはそんな相手もいないし、自分の仕事が「素敵」になりうること、身の回りの世界に対する愛の糸口になりうることを全く理解せず、自分の仕事に愛が持てないとしても、致し方ないことではないか。ましてや、こんなに目まぐるしく回転する小惑星の上では、遠くで夜空を見上げているひとたちのことを思ってもみる余裕などそもそもなく、現実にもはや適合しない「指令」が撤回されもしないという状況自体が「不条理」である以上、「指令」への「忠実さ」（あるいは盲従）によって生きているだけだとしても、「点燈夫」には大いに同情の余地があるのではないか。などとも考えられますが、作者は一片の同情も見せず、「人は同時に忠実であり怠惰であることができる on peut être, à la fois, fidèle et paresseux」と言い捨てるのです。

2．「点燈夫」と現代人の精神的「怠惰」

　作者の同情のなさの理由は、この「怠惰」が肉体的なものではなく、精神的なものであるからだと考えられます。

　「とんでもない仕事」を余儀なくする事情をたずねる王子に対して「指令だ」と答え、もはや現状に合わないその「指令」について「わからないな」と言う王子に、「何も理解すべきことはない、指令は指令だ」とうそぶく、その精神的「怠惰」。状況の「不条理」に、ただ肉体的に疲れることしかせず（「おれはいつだって休みたい」、「人生においておれが愛するのは眠ることだ」）、精神的・感情的に疑問を感じ苦しむ労をとることがない、また（「眠る」ことへの「愛」

とは異なる、もっと血の通う愛など）何らかの希望を紡ぎ出そうともしない「怠惰」、その非人間性。

「点燈夫」の戯画ではおさまらず、作者は、王子の目を通した地球の人々の描写で、内的「怠惰」批判を展開しています。「点燈夫」の惑星の二つの不条理、状況と「指令」の不条理の相同物がそこに見出されます。

まず、状況の不条理（「点燈夫」の小惑星の目まぐるしい回転）の、地球における形。小島俊明氏の表現を借りると、「仕事に追われて特別急行列車で移動する人々」（『星の王子さまのプレゼント』、中公文庫、2006年、175頁）を見る王子の疑問と「転轍手」の返答。「彼らは実に急いでいますね。何を探し〔・求め〕ているのでしょう？」――「運転士ですらそれを知らない」（22章）。

理解のために小島氏は『人間の大地』（1939年）から次の箇所を引用しています。「わたしにはもはや理解できない。あの郊外電車の乗客たち、自分を人間だと思い込んではいても、なにか感じとれない圧力によって、蟻のように、自分に当てがわれた用途に還元されてしまったかのような人間たちを」。しかも、その「還元」を意識することもなく、従って苦しみもしないからか、「雷のような轟音とともにひた走る、内部に光の溢れる急行列車 un rapide illuminé, grondant comme le tonnerre」の、「その中では、乗客たちは居眠りをしているか、あるいはあくびをしている」ということになる。なんだフツーのことではないかと思うところですが、作者の方は、「光」の中での「居眠り」という行為（現代日本で言うと隙あらば携帯ゲームや密閉した耳に送り込むかすかに音楽のような騒音などによって意識を閉じようとする行為）の無神経・不見識さ加減を滑稽に浮き立たせることで、「自分に当てがわれた用途」・役割に「還元」されない自分の中の余白の部分を見つけ、そこで疑問を抱き、自分らしさについて考え、散り散りになった希望をかき集め、等々できる暇はちゃ

75

んとあるのに、そうは決してしない内的怠惰を揶揄するものと思われます。

そのような内的省察（自分を振り返ること）への怠惰ゆえに、「自分に当てがわれた用途」を引き受けることもしない、というもう一つの怠惰への批判が、以下の会話に窺えます。（先程の列車とすれちがい、戻ってくるように見える列車に乗った人々について王子：）「自分がいたところに満足できなかったのかな？」──（「転轍手」:）「人は今いるところに満足するなんて決してない」。

この不条理な状況（愛の不可能性の状況）においては、大切なはずの何かを求めるときにも、試行錯誤のうちに徐々に「知る」という過程を乱暴に省略するという怠惰が生じる（引用はキツネの発言で、「飼い馴らす」は、「絆をつくる」ために時間と労力を費やすこと）──「飼い馴らしつつあるものしか人は知ることができない。人間たちはなにかを知るための時間をもはや持たない。出来合いの品物を店で買うだけだ。しかし、友達を売っている店などないから、人間たちにはもはや友達はいない」(21章)

不条理な「指令」についても、「点燈夫」の惑星に限ったことではありません。なんとなく辻褄が合っているようでいて良く考えると不条理に貫かれている現代文明の戯画のひとつが、砂漠で「喉の渇きを抑える apaiser la soif 完璧な錠剤を売る商人」の言う宣伝文句です──「週に一回の服用で、飲む欲求をもはや感じなくなるのです」(23章)。これを王子は理解できない。彼には、「砂漠を美しくしているのは、井戸を隠しているからだ、どこかに… Ce qui embellit le désert, c'est qu'il cache un puits quelque part…」(24章) という了解があるのです（奇妙な了解ですが〔「井戸」じゃなくオアシスでは？〕、深い考えがあってのことです、後ほど見ます）。ともかく、「なぜ、そんなものを売っているのですか？」と訊ねた王子への返答は──「大変な時間の節約なのです。専門家の計算によりますと、週に53分の節約になります」。

現代人の、時間節約という"需要"に応える商品の"供給"、と理解できますが、王子はそのような経済的理解では満足しません。「その節約した53分をどうする〔使う〕のですか？」。返答は、「〔人それぞれ〕好きなようにする〔使う〕のです…」。個人的な好み・選択の自由の価値を暗黙の前提にするこの説明にも王子は肯きません。王子が納得できないのは、一生物としての本来的欲求すらいわば"無駄"な重荷と感じさせる時間節約の"ニーズ"、さらには人間の生物学的条件（つまり人間に「根」を与えるもの）を度外視してまで称揚される嗜好の自由への欲求、でしょう註4。作者は、そうした需要・欲求に、人間の内発的な要請というよりは、ある不条理な"指令"（一文明の課してくる指令）、あるいは、（先程『人間の大地』の引用にあった）「なにか感じとれない圧力」を感知させようとしているものと思われます（もっとも、不条理な"指令"に、見透かされた私たちの弱さに相応しいだけの説得性を付与するのが文明の怖いところでもあるのでしょうが註5。

　ともかく、このように、作者のレベルでは手厳しい批判の込められた「人は同時に忠実であり怠惰であることができる」という文ですが、「点燈夫」の惑星における王子は、それを半ば同情から口にしています。外見上は優しい提案が続きます――「きみの惑星はこんなに小さいんだから、ものの三歩で一周で

　註4：砂漠の花（18章）もこの欲求が理解できない：「風が人間たちをあてどなく連れまわす Le vent les promène。彼らは根を欠いている Ils manquent de racines。そのことが彼らを大いに困惑させる」。また、塚崎幹夫氏の意見も参考になります：｜渇きは手軽にいやすべきではない。渇きは事物の価値をも高める。事物との貴重な出会いの場でもある。渇きをケロリと消して、あとになお何かしたいことが残るのかどうか、疑問である。ますます目的のないどうどうめぐりに陥るだけである」（『星の王子さまの世界』、中公文庫、2006年、138頁）

きる。いつも陽の光の中にいられるよう十分にゆっくり歩くだけでいいんだ。休みたいと思ったら歩くんだよ…そうすれば昼間が好きなだけ続く」(14章)。しかしここには作者ほどのものではないにせよ、ある厳しさがあります。「指令」(明るくなったら消灯せよ、暗くなったら点燈せよ)に背くことなく(反逆、革命など大袈裟なことを考えなくとも)、自分で「歩く」ことはできる、歩き

註5：ラ・フォンテーヌ(17世紀)の有名な警句：「最強者の理屈はいつも最良の理屈 La raison du plus fort est toujours la meilleure.」(『寓話』の「狼と子羊」冒頭)が思い起こされます。

"強者の理屈は常に正しい"とか、"強き者の言ひ分はいつも勝つなり"(市原豊太〔白水社〕)、"強者の理屈はつねに通る"(窪田般彌〔沖積舎〕)などと、例によって決して直訳されません。確かに話自体は狼の非論理〔自らの不正を正当化しようとする〕が子羊のもっともらしい自己弁護に理不尽に勝つ展開なので、"正しい"や"勝つ"でも良いように思えますが、それでは不正な強者への皮肉にすぎません。「最良」という言葉は、強者に都合の良い不正(現代文明であれば時間節約・効率あるいは単なる嗜好的自由の価値の誇張など)を結局は「最良」のものとして(卑屈に)同意してしまう弱者の「怠惰」への皮肉を含むと考えられます(窪田氏の"つねに通る"はそのあたりのことを考慮した訳でしょうか)。

フランスで名文とされるものには、楽でいたい奴隷根性に対する皮肉が概してきついのです。「最強者」が押しつけてくる「理屈、道理」(しかし別段正しいわけでもなく、疑うべき何か)に不快な意識を持ち続ける(魂を売らない)ことは可能であるのに、その警戒心を眠らせない心的姿勢は楽ではないので、他の理屈と比べて(あるいはしばしば具体的に何かと比較考量することもなく、ただなんとなく)"最良"の理屈だと無意識に思い込み(自分に思い込ませ)、あるいは後付けの屁理屈を持ち出して自己正当化し、等々、心を安んじること、すっきりすることの方を人は好む。このような安易な姿勢へのきつい皮肉が「最良」という言葉に込められています。

ながら「休む」（自分をゆったりさせる se reposer）ことはできる。意識を深める、少なくとも決して意識を閉じないことの要請ではないでしょうか。愛の不可能性という状況の不条理に気付き、疑問と苦しさを感じることはできる、そこから"渇き"を、（「眠る」ことへの「愛」よりも血の通う）愛への希望を湧き出させることも註6。"渇き"を抱くことなしに、出会いがあるのか、あったとしても、見逃すか、つかむことができないのではないか、つかむための勇気を"渇き"以外のどこから汲むのか、等々、すぐ後で触れる「キツネ」の言説が考えさせることでもあります。

ともあれ、当然「点燈夫」は聞く耳を持ちません（「事態の好転には大してならないな。人生においておれが愛するのは眠ることだから」）。疑問・苦しみ・希望の地帯に降りてゆかず、"疲れる"という身体的表層に留まり、なによりも意識を閉じる（＝「眠る」）ことを願う点燈夫の「怠惰」。その頑なさにうんざりしたのでしょう、この章を締めくくる一文は、主人公の抱いた友情（「この男は私の友達にできたかもしれない唯一の存在だ」）を粉砕しています――「小さな王子があえて自分に認めようとしなかったことだが、彼がこの恵まれた惑星を去りがたく思ったのは、〔点燈夫への友情のゆえにではなく〕ここでは24時間で1440回も夕陽が見られるからだった」（バラとの関係の破綻の後、

註6：まず自分に厳しい茨木のり子の「自分の感受性くらい」が思い合わされます――"ぱさぱさに乾いてゆく心を／ひとのせいにはするな／みずから水やりを怠っておいて／／気難しくなってきたのを／友人のせいにはするな／しなやかさを失ったのはどちらか／／苛立つのを／近親のせいにはするな／なにもかも下手だったのはわたくし／／初心消えかかるのを／暮らしのせいにはするな／そもそもがひよわな志にすぎなかった／／駄目なことの一切を／時代のせいにはするな／わずかに光る尊厳の放棄／／自分の感受性くらい／自分で守れ／ばかものよ"。

傷心に分け入ってあれこれ思い返すには格好の「夕陽」の時刻が王子には重要なのです）。

3．「キツネ」の繊細な感受性、愛することへの渇き

　21章で王子にキツネが語ることには、「点燈夫」と同じ愛の不可能性の状況にあっても、「点燈夫」とは対照的な生きる姿勢が可能であることがはっきり示されています。引用には〔 〕内の補足が入ってうるさいですがご勘弁を。
　「ぼくの生活は単調だ。ぼくは雌鶏を狩る。人間たちはぼくを狩る。あらゆる雌鶏は互いに見分けがつかないほどよく似ている、あらゆる人間も互いに見分けがつかないほどよく似ている。ぼくはだから〔忙しいが、「点燈夫」のように疲れて意識を閉じる代りに〕少し退屈している Je m'ennuie donc un peu」
　生存の糧（道具存在）も敵も、生きた個別性（顔立ち）を持ちえないことが明確に意識されています。その意識を支えているのは、取り替えがきかないもの、かけがえのないものへの渇きでしょう。また、危険を回避し生き延びるための警戒・注意深さによってしかものごとに関係しない（自分に有益か危害があるかの利害意識のレベルでしか認識が働かない）生の営みは「単調 monotone」で、生に本質的に"張り"を与えてくれるものではない。「だから少し退屈している」。（原因が不条理な「指令」であるか生存本能であるかの違いはあれ、共通する）愛の不可能性の状況にあることに、冷え冷えとした空虚感を認める感受性は、まさに「点燈夫」に欠落していたものです。"冷え冷え"というのは、続いて、生きた個別性を「知る」温もりへの渇き・希望が語られるからです――「きみがぼくを飼い馴らすと、ぼくの生活は陽だまりにいるようになるだろうね ma vie sera comme ensoleillée。他のあらゆる足音とは異な

る足音をぼくは知ることになるだろう」。

　さらに、生きた個別性、かけがえのないもの、とは、こちらに「呼びかけ」てくる存在、応えることを求める存在に他ならないことが示されます。「他の足音は〔単なる危険信号だから〕ぼくを〔何かを自発的に思う前に機械的・反射的に〕巣穴のなかに帰らせる〔使役構文で Les autres pas me font rentrer sous terre〕」のに対して、「きみの足音は、ぼくを巣穴から呼び出すだろう、音楽がそうするようにね Le tien m'appellera hors du terrier, comme une musique」。「呼び出す」と訳した動詞 appeler〔=call〕は、呼びかける、の意です。応えることが求められているわけです。「音楽」が、聴く者に、日々の営みでは要求されない性質の情動を求める、意識を広げ（または）深め、自分でもそれが可能であるとは思ってもみなかった情動で応えることを求めるように。つまり、応答責任が生じるわけです。自分の（ただ生き延びるための、あるいは"眠る"ための）「巣穴」に閉じこもったままの機械的・反射的応答、（見通せない未知の領域となった）自分の中を深く探ることのない単なる反応は、信じて「呼びかけ」てきた相手を深く傷つけるに違いなく、そのとき相手は「音楽」であることをやめるだろうことは容易に想像できます。

　こうした「呼びかけ」の含意が、王子のなかで、「聴く」ことの価値を大きく変化させます。

　キツネと知り合う以前の彼はこんな不埒な発言をしていました——「花たちを決して聴くべきではない。彼女たちは、見つめて、胸いっぱいに吸いこむべきだ il ne faut jamais écouter les fleurs. Il faut les regarder et les respirer. 私の花は惑星をいい匂いで満たしてくれていた、だが私はそのことを享楽するすべを知らなかった La mienne embaumait ma planète, mais je ne savais pas m'en réjouir.」（8章）。

このスレッカラシの享楽主義が、キツネの言葉に触れたあとでは一変し、とりわけ「聴く」ことで愛の対象が「重要」になる旨を述べるに至ります。ある庭に咲き乱れている（売るのが目的で栽培されている）五千本のバラたち——以前はそれらを発見して、「この世に一輪しかない花によって自分を裕福だと思っていたのに、私は実はありきたりなバラを所有しているにすぎないのだった。〔…〕こんなことでは私は偉大な君主だとは言えない」という「不幸な」思いに襲われたのですが（20章）——そのバラたちにこう言い放つのです。

　「〔…〕もちろん、私のバラを、普通の通りがかりの人間が見たら、彼女がきみたちと変らないと思うだろう。しかし彼女ひとりで、きみたち全員を合わせたよりも、より重要なんだ。なぜなら彼女に私は水をやったのだから。なぜなら彼女に私は覆いガラスをかぶせたのだから。なぜなら彼女を私はついたてで風から守ったのだから。なぜなら彼女から私は（蝶になる二三匹を残して）毛虫を除いたのだから。なぜなら彼女を私は聴いたのだから。彼女が不平を言ったり、空威張りをするのを、あるいは、ときには、彼女が黙るのにさえ聴き入ったのだから。Puisque c'est elle que j'ai écoutée se plaindre, ou se vanter, ou même quelquefois se taire.」（21章）

　かつては享楽主義によって否定・排除されていた「聴く」ことが、ここでは、列挙される愛の諸行為（世話・献身）のトリをつとめています。こう考えられるでしょう。
　かつては、世話の数々（「水をやる〜毛虫を除く」）が、——それによって私は何かを相手に与えている、見返り・感謝を期待するのは当然だ、という、傲慢な認識に基づいていたので——報われない献身のように思えていた。それに

耐えられなくなって逃げ出した。のみならず、失敗・不幸の意識の中で傷ついた彼の心は、自己防衛のために、硬化した（自己完結型）恋愛観を形成した。つまり、8章の、失敗しない、必ず利得のあるはずの恋愛のスキル（「すべ」）としての享楽主義を正解と考えた。しかし（感じ理解しようとする心を随伴しない）享楽のもたらす不完全燃焼感・倦怠からか、対象を「所有」物扱いし、その希少価値によってせめても自尊心を満足させることを二つ目の正解と考えた（20章）、というわけです。

　そして、キツネの言葉（その暖かい息吹）によって、このように冷たくこわばった心を解氷された王子が新たに認識したのは、以下の（私たちもあまりにしばしば失念している）ことでしょう。相手を大切に（思う、を越えて）扱う細々とした行為自体・全体が「呼びかけ」への応答であること。また、入念に世話をするという形でかけがえのない存在に触れられるという事態、とりわけ「聴く」ことで相手の目に見えない領域で起きていることにまで触れようとする事態において、「ぼくの生活は陽だまりにいるよう」であったこと。応えることを求められることで、つまり応答責任において、生に呼び戻される温かい血。これがおそらく私たちの持ち得る最大級の幸福・豊かさであること。したがって、その幸福を差し出してくれていたあのバラが、栽培されることで満足する（多かれ少なかれマニュアル化された世話しか求めない）バラたちよりも「重要」な存在であることを彼は断言できるのでしょう（他者の世話は、こちらの心が平準化され荒廃しないための、つまりは自分の心の世話でもある、ということでしょうか）。

　キツネの話の続き。自分の生存に無関係な現実にまで意識は広がります。
　「それから、ほら見てごらん！むこうに麦畑が見えるだろ？ぼくはパンを食

べないから、麦というものはぼくにとって無益な存在なんだ。麦畑はぼくに何も思い出させない。そして、このこと〔＝自分と同じ世界にあるというのに、心に響く何の関係も意味も情動も持ち得ないものをそれでも目にすること〕は悲しい！」

記憶の中からも何の親しい映像も感触も呼び起こさない、目には見えていても深く感じることのできない、心にとって存在できない沢山のものに囲まれて、同じ世界にあることの"悲しさ・寂しさ"。「点燈夫」に欠落したものであることを言うより、私たちが、まず平静な無関心を越えて、次に疎外感という自己本位の被害者的感覚を越えて、このような愛の不可能性（原因はキツネによれば生存本能により有益／「無益」の区別においてしか認識が働かないこと）に寂しさを覚えるに到ること（余裕）があるのだろうか、と問わずにはいられません。ともかく、この悲しみの中から或る渇きが湧き出る。

「だが、君は黄金色の髪をしている。だから、君がぼくを飼い馴らすことをし終えるなら、すばらしいだろうな！麦は、黄金色の穂をしているから、〔まずは機械的・反射的な連想で〕ぼくに君の事を思い出させるだろう〔使役構文：Le blé, qui est doré, me fera souvenir de toi〕。それからぼくは麦を揺らす風の音を愛するだろう…」。

愛することへの渇き。最後の「愛するだろう j'aimerai」（動詞未来形）は、事の自然な成り行きに関する推測あるいはそうなって欲しいという（他人事のような）漠たる希望ではなく意志であり、会話の端々から漠然と予測される王子の出発の後の物質的な空虚のなかでも、王子との関係で「知る」（「陽だまりにいるかのような」）情動・感覚を失わない魂の努力をするつもりだ、と解されるからです。生き延びるための利害意識に再び生を占有させるのではなく、自分の生存に直接響かないただ存在するもの（キツネにとって「麦」さらに「風」）

にも愛の領域を拡げる努力が語られるのは、或る責任の発生によるものだと思われます。愛の光・熱を「知る」経験を持った人間は、いかなる状況においても、それを見失わない（喪失しない）ことへの（記憶のそれだけでない）努力、響きがなくとも身近な諸々の存在を愛することへと魂を動かす努力の責務を負う、ということではないでしょうか。繊細に生きるとはいえ、受け身に、機械的に反応してばかりで生きるスタイルとは手を切って…。

　キツネの予測は当たり、王子はいなくなります。残念でした、では済みません。他人事ではないでしょう。私たちもそれぞれの形で、かけがえのない存在を失うという経験を余儀なくされているわけです。そして私たちにもこの責任を感じ、また全うする力を日々見つけることができるだろうか、と問うことが──「怠惰」に、キツネさんは純粋だな、と感じる（放擲する）以上に──作者のメッセージに対する「忠実」さではないかと思います。

　以上、「点燈夫」の「忠実」の美徳の外見を強調しすぎて、その「忠実」にひそむ「怠惰」が私たちに耳の痛いものにならない現状、その「怠惰」のアンチテーゼとしてキツネの繊細な感受性をとらえることが難しくなっている現状を憂えてみました。さらに、この繊細さが、先天的気質（キツネくんは"いいひと"を象徴している）の問題ではなく、「点燈夫」に象徴される私たちもその誘惑に常に曝されている内的「怠惰」への（とにかく意識を閉ざさないことで遂行される）抵抗の問題であること、同時にまた、困難な愛の二つの責任を私たちに差し出していること、これらを覆う霞が少しでも晴れたらとも願うのですが。

Ⅴ．『ル・プティ・プランス』（２）
　　　　"肉の存在"の抵抗は日々新たに

1．"心で見ること"の重要性？

　「心で見なくちゃ、ものごとはよく見えない。かんじんなことは目に見えないんだよ」(21章) は、キツネの最後のメッセージで、どの和訳もこの内藤濯訳を踏襲しており、用語にも文の調子にもほとんど変更点は見られません。どの訳でも、「心」と「目」が認識において対立し、純粋に「心」のレベルに立つべし、と言っているかのようです。

　On ne voit bien qu'avec le cœur. L'essentiel est invisible pour les yeux.

　後半の（直訳すれば）「本質的なことは目にとっては不可視である」だけが、「よくおぼえておくために」王子によって直ちに復唱されることから、ポイントはこの文（「目」と「見えるもの」への強い不信）にあることがわかります。前半は、前置詞 avec（英語の with に相当）を "〜によって、〜で" ととるか、"〜とともに、〜と一緒に" ととるかによって、前者であれば従来訳されてきたように「心で見る」の意になり、後者であれば「心を伴ってでなければものごとはよく見えない」と直訳できます。これから検討するように、作者は「心」自体をそんなに信用できるものとは考えていないようですから、「心を伴って」行なう認識の大切さが言われているものとしましょう。全体としては、目に見えること（あるいは実際目には見えていないが、目に見えるがごとく自明に思えること）を鵜呑みにし、信用しすぎると認識を誤る、補正が必要だ、たとえば心の声を聞くことが必要だろう、ほどの戒めではないかと考えましょう。作者は心が純粋であれば十分だとは考えていないようだが、と直ちに付け加えつつ。

　しかし、まごころ礼賛の国では心が万能であり、心が関与するやすべては OK であるかのようです。前章で触れた、女性蔑視的享楽主義の表明を行なう

王子の心の問題性もほとんど指摘されません[註1]。他者を「所有」物扱いして自尊心の満足を図る王子の不埒な（しかし純粋に満足を求める）心に眉をしかめる人もいない[註2]。折々に心のすること、心の願うことの良し悪しに目くじらを立てないという不文律でもあるのか、あるいは、どう見てもスレッカラシの大人の密かな愉しみを、純真なこどもの言うことだからととりあわないのか、私にはこのあたりのことが正直よくわかりません。しかし、もし仮に王子＝純

註1：塚崎幹夫氏だけがこのような恋愛観（「花たちを決して聴くべきではない。彼女たちは、見つめて、胸いっぱいに吸いこむべきだ。私の花は惑星をいい匂いで満たしてくれていた、だが私はそのことを享楽するすべを知らなかった」〔8章〕）に対する不快感を表明しています。――「日本の中年の男たちが酒場でくだをまきながらいうのを好む、"女などというものは養いがたいものだから、相手にならず耐えるほかない"というたぐいの、訳知りをてらった教訓と本質的にどう違うのか」――「あまりに理想がなさすぎる女性観であるように見える。自分だけ賢くて、花のほうは少しの向上の努力も意欲もない存在であるかのように、きめつける必要がどこにあるのだろうか。このような対等でない男女の結びつきをはたして"愛"と呼ぶことができるのだろうか」（『星の王子さまの世界』、71頁）

註2：上で引用しましたが、「この世に一輪しかない花によって自分を裕福だと思っていたのに、私は実はありきたりなバラを所有しているにすぎないのだった。〔…〕こんなことでは私は偉大な君主だとは言えない」（20章）のくだりに関して、最後の言葉だけをとりあげて、「王子さまが潜在意識でつねづね自らに言いきかせていたことのあらわれ」であり、「王子さまがどんなに王子らしく立派に身を処そうと心かけていたかが、この一言によってわかる」という驚くべきコメントさえなされます（『星の王子さまのプレゼント』、152頁）。「心がけ」さえよければ、不埒な満足を求める心の実動は不問に付されるようです

真無垢なこども、という等式が拭いがたくあって思考停止を惹き起こしており、それが、この本の随所に（人の悪い）作者が挿入した、愛らしい、ちょっと憂い気味の王子のイラストに影響されたものだとすれば、まさに「本質的なことは目に見えない」という大事なはずのメッセージが軽々に扱われていることを如実に示すことになってしまうのですが。

ともあれ、作者の「心」自体への不信の例はそれこそ枚挙に暇なしです（既訳では王子の心の問題的な動きを示す発言は、ことごとく角を丸められて、罪のないものに偽装され、なにがなんでもこの本を"お子さま向けの"キレイゴトに満ちた何かにしなければという不可思議な熱意すら感じられるのですが）。

「地理学者」の惑星における王子の発言（15章）をとりあげるだけにします。

自分では探検をせず、「探検家」の報告から信用できる情報を抽出し、不変の現実だけを記録することに熱心な「地理学者」は、王子の惑星にも興味を示し、何があるのか、と訊く。王子はまず相手の関心を考慮して、小さな火山がある、二つは活火山で一つは休火山です、と答える。山だな、と「地理学者」は記録する（活きているか休んでいるかの区別は重要ではない、「我々にとって重要なもの、それは山だ、山は変わらぬ」）。王子が「私は一本の花も持っています」と言うと、

　　「我々は花のことは記録しない」、と地理学者は言った。
　　「なぜですか？もっともきれい joli なものなのに」
　　「花ははかないからだ」
　　「"はかない"とはどういう意味です？」
　　〔…〕
　　「それは、〈間近な消滅の危険に脅かされている〉という意味だ」

「私の花は間近な消滅の危険に脅かされているのですか？」
「もちろんだ」

　王子は心のなかでつぶやいた、《私の花ははかない。それに、世界に対抗して自分を守るのに４本の棘しか持っていない！　なのに私は彼女を私のところにたったひとりで置き去りにしてきたのだ！》

　こうして彼のなかで後悔の念が初めて揺り動かされたのでした。

　Ce fut là son premier mouvement de regret.

　"目に見えるもの"のレベルで不変なもの（例えば「山」）に対して、「はかない éphémère」ものへの愛も人間にとっては永久不変の事実であり、それこそまさに「目に見えない」「本質的なもの」と考えられます。王子の心は「はかない」ものへの愛を抱けるほど十分に繊細でしょうか？「後悔」に「揺り動かされた」もかかわらず、すぐにバラのもとに帰るという選択肢は彼の心をかすめもしません。続くくだりは、「しかし、王子は気をとりなおして、"これからどこに行くことを私に勧めますか？"と尋ねた」、です。この立ち直りというか切り替えの早さに違和感を覚えるのは私だけでなく、或る学生のレポートにも書いてありました。心は重層的で、そのすべてにおいて繊細ではない、ということでしょう。

　さらに問題は、「彼女は世界に対抗して自分を守るのに４本の棘しか持っていない」という言い方にあります。彼女の無力さの再認識であり、それが「後悔」の引き金になる、何の問題もなかろう、と思うのは私たちだけです。彼女は「はかない」＝「間近な消滅の危険に脅かされている」という事実に純粋に心を痛めたにもかかわらず、「４本の棘」＝無力、「世界に対抗して自分を守るのに」は無益、という常識的な、目に見えるがごとく自明に思えることに拘束

された冷淡な状態を、その痛む心は（しかし援けるために戻ることを考えもしない心ですから）修正できない。作者の、純粋な心への不信、つまり、純粋な心だけでは人間的であるには不十分だという認識がここに窺えます。

というのも、作者は、後に或る危険な方法での帰還を決意し、死の恐怖に襲われている主人公に、その文と酷似した、しかし、決定的な二つの差異を含む発言をさせており、しかもその差異（冷淡さの削減を示すもの）を文の歪みによって強調しているからです——「彼女は、世界に対抗して彼女を護るためには何の役にも立たない4本の棘を持っている…」（26章）。

まず、「世界に対抗して彼女を護るために pour la protéger」の「彼女を」という第3人称目的語代名詞が注目されます。「4本の棘」の自衛手段としての不十分さの話をしているわけですから、常識的には"世界に対抗して自分を護るためには"のように再帰代名詞を使うべきですが、「彼女を」が使用される歪み。「私」が「彼女を護る」という決意、またそもそも「彼女」の無力が"わがことのように"意識されていること、これらの血のざわめきが、常識レベルの冷淡な認識に闖入したのでしょう。この歪みは、「地理学者」の惑星での王子の心が、「彼女は世界に対抗して自分を守るのに4本の棘しか持っていない！」と言うことで、バラを、再帰的に閉じた回路を構成する存在として、つまり、本質的には彼から切り離された無縁な存在として冷淡に捉えていたこと、同時にその無力に"わがことのように"痛みを感じてはいなかったことを回顧的に浮き彫りにします。「本質的なものは目に見えない」と考える人の文章は、大事なことは一目瞭然には書かれておらず、「心を伴って」読むこと、心にひっかかるものを頼りに読み進み、読み返すことを要求していると思うのです。

もう一つの、より重要な違いは、文の末尾が「持っている」という肯定表現になっていることです。「何の役にも立たない4本の棘」の後は、常識的には、

「持っている」ではなく「しか持っていない」であるべきですが、そうはなっていない歪み（或る学生は"うまく訳せないんですけど"と正直にひっかかりを表明していましたが、邦訳はことごとく、「地理学者」の惑星のときの文と同じ訳を与え、文の角を丸めてしまっています）。「4本の棘」が、無益な自衛手段としてネガティヴに了解される他ないことは消せない事実である以上、その常識的レベルとは別のレベルで積極的に肯定される何かを迎え入れるべく心が動いていると考えられます。

2．"肉の存在"の繊細な抵抗

二つの文を再度引用しておきます。

> 「世界に対抗して自分を守るのに彼女は4本の棘しか持っていない！ elle n'a que quatre épines pour se défendre contre le monde !」（15章）

> 「彼女はあんなに弱い存在だ！なのに彼女はあんなに無邪気だ。Et elle est tellement faible! Et elle est tellement naïve. 彼女は、世界に対抗して彼女を護るためには何の役にも立たない4本の棘を持っている…Elle a quatre épines de rien du tout pour la protéger contre le monde...」（26章）

なぜ「4本の棘を持っている」という肯定表現になったのか？
「無邪気」と訳した形容詞 naïve（naïf の女性形）の意味は日本語のナイーヴとはズレています。プティ・ロベール辞典の定義は"無知や経験不足によって信頼と率直さに満ちていること qui est plein de confiance et de simplicité

par ignorance, par inexpérience"です。

　かつては、無力さの現実を知らないで希望を抱いている naïve なバラ[註3]に対して、王子の心には、自分は現実を知っているという常識的思い込みから、どこか傍観者的な、"現実がわかっていないあわれなやつだ"といった傲慢な冷淡さが拭いがたくありました。26章で、無力さを表す「4本の棘」がネガティヴに見られていないのは、彼女は「棘」が自分の強みだと思っているそのナイーヴさを、現実知らずとして切って捨てるのではなく、無力でありながら前向きで居続けられる姿勢、自分や生への信頼・希望を持ち続けるその姿勢（せめて「棘」でもなければ維持できない姿勢）に蔑視できない貴重な何かを見ているからだと考えられます。

　未来に向かう現実を知らないことは見下す理由にはならない、なぜなら誰が現実を間違いなく知っているのか？と考えられるようになった、というか、そのことに思い当たることを余儀なくされる状況に王子はあるのです。というのは、王子自身も（問題の肯定表現の言葉を口にする直前で）――帰還の方法が毒蛇に噛ませて一旦は死んで魂だけになる（「この肉体は連れて行くことができない。重すぎるんだ」〔26章〕）というものなので、それが成功するか否か、帰還できるのか、あるいは単に死ぬだけなのか、その――現実を知らないことに直面して（つまり自分が意のままにならない"肉の存在"[註4]であるという事実に直面して）、「恐怖」から泣いたり、立っていられなくなって座りこんでしまったりしているわけですから。

　誰しも多かれ少なかれ来るべき現実を知らないという、平素は気付きにくい

　註3：「例えばある日、彼女は自分の四本の棘の話をしながら、小さな王子にこう言ったのです――"虎が、爪をむき出しにして襲ってきても平気よ！"」（8章）

事実に直面して、恐怖にすくむのを選ぶのか、あるいは、にもかかわらず前向きに信じることを選び、生きてみることに賭けるのか、そこに大きな差異があることは想像できます。少なくとも王子は、その生きてみること（生きてみないと決して開けない何か）の意味・価値を疑うことのないバラ——しかし能天気とか楽天的というわけではなく、「決して何の役にも立たない棘をつくるためにバラたちはあんなに苦労している〔自らに苦しみを与える se donner du mal〕」（7章）こと（＝希望は与えられるものではないこと）は早くから王子も理解していました——との共闘、見通せない現実に向けての共闘を選ぶ、と考えられます。

つまり、「棘」を傍観的にその実際的無益性において冷たく無意味化する代わりに、ここではそれを意味あらしめようという連帯の努力が生じていることを見るべきだと思われます。ちなみに塚崎氏は、作品の時代背景から、「4本の棘」を、第二次大戦時のフランスのレジスタンスを支えた「4つの拒否の精神」の象徴と解釈されています——「不名誉の拒否、対独協力の拒否、ヴィシー体制の供与する一時的な安逸の拒否、祖国フランスを飲み去ろうとしている不幸の前に絶望することの拒否」（『星の王子さまの世界』、86頁）。

"バラの棘"の一般的な象徴も無視できないとも思います。

――――――――――――――

註4："肉の存在" être de chair は、神ならぬ人の存在のありようを言います。すでに触れたスペインのウナムーノは次のように述べています（前掲『生の悲劇的感情』）。「肉と骨の人間、生まれ、苦しみ、死ぬ〔…〕人間、食い、飲み、遊び、眠り、考え、欲求する人間」（3頁）は、「矛盾を糧とし、矛盾によって生きるのである。生が悲劇であり、そして悲劇とは勝利もなければ勝利の希望もない永遠の戦いである限り、矛盾であって当然なのだ」（17-8頁）

かつて王子がバラの棘は何のためにあるのだろう、と語り手に訊ねたところ、「それは、花たちのなかにある純然たる邪悪さが目に見える形をとったものさ C'est de la pure méchanceté de la part des fleurs」という返答でした（7章）。語り手は死活問題である飛行機の修理の困難さで頭が一杯で、目的意識、利害意識に拘束された私たちの平素のありようの、もっとも切羽詰った形を表しています。作者がそこで「棘」において了解しているのは、心や肉体の深みを捨象した理知にとっては脱線や脱臼を惹き起こすものとしか考えられない註5、いかにも迷惑な「邪悪さ méchanceté」に映るような、とにかく乱し惑わせる刺戟性・挑発性ではないでしょうか。別の視点からすると、生の「濃密さ」をもたらす官能的な、ただ甘くはない「毒」註6、だとすれば、あの「何の役に

　註5：私たちの戯画の一つ、4番目の小惑星の住人「ビジネスマン」（原文もフランス語ではありません）についても、王子はこう描写しています：「私は顔を真っ赤にしたおじさんがいる惑星を知っている。彼は花の匂いを嗅いだことが一度もない、一本の花すらだ。〔…〕誰かを愛するということをしたことがない。足し算以外何ひとつしたことがない。そして一日中〔…〕繰り返している、"私はまじめな人間だ！私はまじめな人間だ！" と。そしてそのことが彼を慢心でふくれあがらせる。だが、あれは人間じゃない、キノコだ！」（7章）
　註6：この作品と執筆時期が重なる『城砦』のなかで、サン＝テグジュペリは、「人間が探し求めるのは自分自身の濃密さ densité であって幸福ではない」と主張しています（サン＝テグジュペリ著作集、『城砦2』、7頁）が、生の「濃密さ」を触発するものの一つとして、官能的な、「毒」としか言いようのないものを、娼婦という直接的な例をとりあげて以下のように示しています——「兵士が扉を押し開けて、その目が自分の胸元に釘づけになり、まるで烙印を押された獣でもあるかのように、自分の肉体が見つめられるとき」の、「あのかすかな眩暈」を伴いながら「からだのなかに満ちてくるなにか漠たる毒 un poison vague」（同書、6頁）。

も立たない4本の棘を持っている」という常識的には捩れた末尾の肯定表現が示すのも、その刺激性・「毒」による生の実感の鋭敏化・「濃密」化への欲望が、死を賭しての帰還の決意にあずかるところ少なからぬこと、かもしれません。

　ともあれ、死すべき存在、"肉の存在"であることの自覚がこの決意の最大要因であることは確かです。しかし、死を目前にして恐怖に震えなければ他者への（冷淡さを能うかぎり払拭した）優しさは可能にならない、それほど人間の心は頑なである、という毒舌を読んで終りにすればいいのでしょうか？死の恐怖が現れる前は情の薄い我々人間に改善できることはない、ということであきらめがちに気を楽にするのをこの作品は許してくれるのでしょうか？

　死を賭しての帰還の決意、と言いましたが、実は、王子は身一つで決然と帰還するのではなく、慰めになるかわいいもの、「箱」（のなかのヒツジ〔mouton：去勢したおとなしい羊〕）と「口輪」（そのヒツジがバラを食べないようにつないでおくためのもの）の拙い絵（二つとも語り手が王子に請われて描いた）を後生大事に携えて帰るのです。心が萎える折々を乗り切るための補助手段を講じておく現実主義的な配慮、と考えたいと思います。
　「飼い馴らす」ことは「絆をつくる」ことだ、だから「お互いを必要とするようになる」と、愛の相互性のようなことを言う（実は友情のことしか言っていない）キツネ（21章）に対する王子の最初の反応は、「バラは私を飼い馴らしたんだ」という、一方向的な事柄だけを確認する一言でした。あたかもバラを「飼い馴らす」ことはそもそも問題にもならない、不可能だと覚悟しているかのようであり、帰還間際になっても、そのつつましさ、というか部分的な絶望は不変だと考えられます。

「きみがきみのバラのために失った時間が、きみのバラをこんなにも重要なものにしている C'est le temps que tu as perdu pour ta rose qui fait ta rose si importante」、とキツネは言いますが、愛においては、相手が「重要」なかけがえのない存在になったらもはや問題は起こらない、ということではないでしょう。王子は多くの時間をこれからも「失う」だろう。費やす時間の多さに見合うような結果を期待すべきではない。バラだとか王子だとかの外見や分類上の素性ではなく、それぞれの存在の「目には見えない」「本質的な」部分において相手を認め、また相手からも認められる関係になり、「絆」によって揺るぎなく「お互いを必要とする」ようになっても、誤解や疑念の萌す可能性が一掃されるわけではない。またぞろ苛立ちが、無理難題が、わがまま放題が（間歇的に、しかし相手をより信頼すればより奥深い願望・要求を相手にぶつけるもので、そのつどより深度を増して）炸裂するだろう[註7]。そういう苛立ちや失意の折々のために、慰撫や鎮静に有益であろうヒツジをつれて帰るものと考えられます。
　ところが王子が消えた後、そのヒツジについて厄介なことが判明します──「私が王子に描いた口輪ですが、それに私は革バンドを書き加えるのを忘れてしまったのです！小さな王子はヒツジに口輪をはめさせることが決してできな

註7：王子は出発の前日、語り手と歩きながら、「星たちが美しいのは、目に見えない一つの花のせいなんだ」と自分のバラのことを言うや否や「砂漠は美しい」と「付け加え」ます（24章）。再開されるであろうバラとの生活が「砂漠」の様相を呈するであろうことを予期しているかのように。ばら色の未来を思い描いては決していないことは、「砂漠」が「美しい」のは「井戸を隠しているから」であり、その「井戸」から水を汲み上げるには、「滑車」を「軋」ませねばならないことが続けて語られることからもわかります。詳しくは後述。

かったでしょう」（27章）。

「〔…〕ひょっとして、ヒツジが花を食べたかもしれない…」
　あるときは、こうも思います、「確実に、そんなことはない！小さな王子は、毎晩、彼の花を覆いガラスに入れるし、なおかつ、彼のヒツジを見張っているのだ」。すると私は幸福になります。そして、すべての星が静かに笑い声をたてるのです。
　あるときはこうも思います、「人は一度や二度は放心することがあるものだ。〔…〕彼が、ある晩、覆いガラスのことを忘れてしまう、あるいは、ヒツジが、夜中、音もなく箱の外に出てしまう…」　すると、星の鈴がすべて涙に変ってしまう！…
　これこそが実に大きな神秘なのです。〔…〕
　夜空を見つめてください。そして自分に問いかけてみて下さい、"あのヒツジはあの花を食べてしまったのか、それとも食べていないのか？"と。そうすれば、いかにすべてが一変するか、おわかりになるでしょう。

　愛の危うさ（慰めなしではいられないこと、間歇的な不可避の弛緩が残酷な罪に直結する可能性）、慰めになる親しい存在の"さが"（ヒツジの悪意なき残酷さ）、弱い存在（バラ）の無力さ、これらは変えようのない無惨な事実でしょう。
　しかしそれらを、宿命として（"しかたない"で）肯定・同意・屈服してしまうのか、そして人間にできることは"たかが知れている"として慎ましさの陰に（わがことにすら）傍観者的安楽を選ぶのか。それとも、動かせない現実と認識しつつ（つまり、現実を無視して"大丈夫！"は無責任ですから）、そ

れへの抵抗を際限なく続けることを選ぶのか。そう「自らに問いかけてみる」、日々新たに、おのおのの状況毎に、そのつど選択を自らに迫ることが求められています。

　もちろん推奨されているのは、後者の選択、つまり、人間が逃れも変えもできないすべての無惨な事実への抵抗です。そして、可能なかぎりの警戒心や注意深さで見守る、聴く、触れる、寄り添う、支える、だきしめる、等々を通じて、不変の無残な事実が最終的で決定的な何かではないように（行為）している限りで、何が解決するわけでも安定するわけでもないというのに、人間であることに希望が持てる、ほほえみが可能になる、この「実に大きな神秘」の中に私たちは現在形で自らを見出すことができるのだ、というのが作者のメッセージでしょう。死を目前にして恐怖に震えるとき諸君は他者への本当の優しさを知ることであろう、だけではないのです。19世紀、セナンクールはすでに次のように書いていました――「人間は死すべき存在である。そうかも知れない。だが抵抗しつつ滅びよう。そして、虚無がわれわれに予め定められているとしても、それが正義〔正当な配分〕ではないように〔行為〕しよう ne faisons pas que ce soit une justice」（『オーベルマン』、第90信）。

3.「砂漠」を生きることの「神秘」：「井戸」「軋み」「目覚め」「歌」

　作者が人の悪い人間観のままに優しい人であることの、もう一つの例をあげます。

　王子は出発の前日、語り手と歩きながら、「星たちが美しいのは目に見えない一つの花のせいだよ」とバラのことを匂わせるや否や、再開されるであろうバラとの生活が「砂漠」の様相を呈するであろうことを予期しているかのよう

に、「砂漠は美しい」と「付け加え」ています（24章）。

　その「砂漠」の様相をより具体的に想像するには、相手の「本質的なもの」を見る能力を"知性"と言い換えてみて（もちろん「心を伴って」働く知性）、坂口安吾の以下の省察と考え合わせるのも無駄ではないと思います——"知性あるところ、女は必ず悪妻となる。知性はいわば人間への省察であるが、かかる省察のあるところ、思いやり、いたわりも大きくまた深くなるかもしれぬが、同時に衝突の深度が人間性の底において行われ、ぬきさしならぬものとなる"（『悪妻論』）。また、"家庭に安住する貞淑にして損得の鬼のごとき悪逆善良な奥方を見よ。魂の純潔などない。魂の問題がないのである"（『エゴイズム小論』）。

　かかる"知性"を獲得した王子を、慰めのヒツジを連れてまでバラのもとに帰らせる作者は、安吾よりも人が悪く（「心を伴ってものを見」ようとせず、一目瞭然のものは鵜呑みにするだけの「怠惰」な私たちへの不信から？）、以下の安吾とほぼ同様の価値判断を、明確に書かずに（そうしないと私たちのためにならないから？）、私たちの"知性"が"省察"するに任せたのかもしれません——"知性あるところ、夫婦のつながりは、むしろ苦痛が多く、平和は少ないものである。しかし、かかる苦痛こそ、まことの人生なのである。苦痛を避けるべきではなく、むしろ、苦痛のより大いなる、より鋭く、より深いものを求める方が正しい。夫婦は愛し合うとともに憎みあうのが当然であり、かかる憎しみを恐れてはならぬ"（『悪妻論』）。

　"衝突の深度が人間性の底において行われ、ぬきさしならぬものとなる"とき、"思いやり、いたわりも大きくまた深くなる"、と安吾は、常識的にはおや？と思わせることを言っています。サン＝テグジュペリも、同じくありそうもないこと、不自然なことを、或る情感と共に書いています——「砂漠を美しくしているのは、それは井戸を隠しているからだ、どこかに… Ce qui embellit le

101

désert, c'est qu'il cache un puits quelque part…」（24章）

「砂漠」「井戸」「水」というイメージに折り畳まれたサン＝テグジュペリのメッセージを明らかにするには無益な比較ではないので、こじつけの感を免れないのは承知の上で、まず、目に見える限りでは荒涼とした、不幸の感情しか呼び起こさないような「砂漠」を、"衝突の深度が人間性の底において行われ、ぬきさしならぬものとなる"関係と解し、「砂漠」の「井戸」から汲み上げる「水」を、"大きくまた深く"なった"思いやり、いたわり"に関係付けてみましょう。

「井戸」から汲み上げた「水」は、じっさい、王子にとって、「星空の下をわれわれが歩き、滑車が歌い、〔水の入った桶を引き上げるために〕私の両腕が頑張った、そうしたすべてから生まれた水、贈り物のように、心にもよい水」（25章）であったと語り手は言います。

語り手自身にとってもその「水」は、「渇きを癒す飲み物」だけでなく、生き生きした繊細さを心に湧出させる。王子が（語り手の汲み上げた）水を「贈り物のように」受け取ったのを見て、柔かくなった語り手の心に或る光景が蘇ってきます：「私が小さな子どもだった頃、クリスマスツリーの灯や真夜中のミサの音楽や人々のほほえみの温かさ、これらが、〔…〕私のもらった贈り物からあふれる光のすべてをなしていたのだった」（25章）。

しかし考えることがあります。王子がいなくなった後、ようやく愛について思いを巡らせるようになるまで、友情のことしか頭になかった語り手は、世界の中心は「心によい」こと、「光」、「ほほえみ」や滑らかなことばかりであるかのように、「滑車が歌い」と言っていたのですが、より正確には、その「歌」はまず「軋み」の音だったのです——（王子は井戸の釣瓶を引き上げようとして）「綱を手に取り、滑車を回転させた。すると滑車は軋んだ（gémit〔呻いた・嘆いた〕）、風が長い眠りから醒めたときに古い風見鶏が軋むように。／"聞こ

えるかい"と小さな王子は言った、"ぼくたちがこの井戸を目覚めさせつつある、井戸が歌っている…"」(25章)

　なぜ「軋み」を言わねばならないのでしょう？また、「軋み」をすぐに「歌」と言い換えるのはなぜか？傍観者的には荒涼とした、不幸の感情しか呼び起こさないような「砂漠」(="衝突の深度が人間性の底において行われ、ぬきさしならぬものとなる"関係)のなかでの心の「軋み・呻き・嘆き」に意識を閉ざしてはいけない、それは不幸な出来事ではなく"知性"・"省察"・心の営為の積み重ねの成果なのだから註8、そして、意識の閉じるところ、その心の「軋み・呻き」こそが命の「目覚め」("まことの人生")と「歌」(温かい血が再び心に通い、"思いやり、いたわりも大きくまた深くなる"瞬間)であることも感知できない、そんなことを伝えたいからではないでしょうか。

　「井戸を隠しているからだ、どこかに…」の「どこかに」も気にかかります。荒涼たる砂漠のように続くであろう"衝突"のどこに、単なる無益な"苦痛"

　註8：安吾が"知性"の"省察のあるところ""衝突"が"ぬきさしならぬものとなる"と、関係の深化の原因を、情の自然な成り行きではなく、手を抜かない"省察"を重ねるいわば人為的努力に求めるように、サン＝テグジュペリ――見てきたように、人間のすること・感じることが、(文明下の)自然な状態では機械的・反応的な何か(心無い何か、投げ遣りな何か)をいかに夥しく含むかについて手を変え品を変え描く人――も、「軋み・呻き」が自然な成り行きから生じないことを言うために、自然の恵みであるオアシスではなく不自然な「井戸」を、不自然なまでに念入りな作業によってつくられた「井戸」をあえて登場させたのでしょう――「わたしたちが見つけた井戸は、サハラ砂漠にありそうもない井戸だった。サハラ砂漠の井戸は、砂地に掘ったただの穴だ。私たちが見つけた井戸は、村の井戸に似ていた。でもここには村なんかなかった。夢でもみているのかと思った」(25章：倉橋訳)。

（あるいは泡沫的な快楽）ではなく、われわれの命の「歌」に他ならない「軋み・呻き・嘆き」が生じるのか、生きてみない前には特定できない、いかなる手引書もない、だから生きることに、他者との関係を深めることに意味と価値が生じる、という含意ではないでしょうか。また、なぜその「呻き・軋み」が生命の「歌」と感じられるのか、それは合理的に説明できない、しかし「呻き・軋み」の経験されないところに"人間性"の「目覚め」と"深度"は現れてこない。こうした認識が折り畳まれているのだと考えられます。

　これが人間の現実だとして、傍観者的には、つくづく人間はうまくできていない、で終りでしょうが、それを身をもって生きることにすれば、――前章で見た、「そうすれば、いかにすべてが一変するか、おわかりになるでしょう」、「すべての星が静かに笑い声をたてる」のが現実に感じられるのです、という言葉を参考にすると――「実に大きな神秘」のなかにある自分を見出し、乾かない心と深い息遣いを取り戻すことができるのかもしれません。「井戸をどこかに隠している」ゆえに「砂がはなつあの神秘的な光 ce mystérieux rayonnement du sable」（24章）は、一人でいる・いようとする傍観者（井戸の水を飲んで渇きが癒え一息ついている語り手）を訪れる自然現象の光（「砂は、日の出、ハチミツ色になる。私はそのハチミツ色によっても幸福だった」〔25章〕）とは異なるものとして提示されていますから。

Ⅵ. 意識を閉じないこと

1．カミュの『異邦人』末尾における「憂鬱」と"希望の薄明かり"

　この眠りにおちた夏の信じがたいような静けさが、満ちてくる潮のように私のなかにとめどなく入ってきた。そのとき、夜の尽きるところで、サイレン〔汽笛？〕が鳴った。それは、いまや私とは永遠に無関係になった一つの世界への様々な出発を告げていた。ほんとに久し振りで、ママのことを考えた。一つの人生の終りに、なぜママが「許婚者」を持ったのか、また、人生をやりなおす振りをしたのか、それがわかるような気がした。あそこでは、あそこでも、いくつもの生命が消えてゆくあの養老院のまわりでもまた、夕暮れはいわば憂鬱な休戦のようだった。死を目前にして、ママは夕暮れに自分が解放されるのを感じ、すべてを生きなおす態勢にある自分を感じていたに違いなかった。誰も、誰ひとり、彼女のために泣く権利などなかったのだ。そして私もまた、すべてを生きなおす態勢にある自分を感じた。

　『異邦人』（1942年）の終末近く（数行を残すのみ）の、従来の訳文ではその静かな情緒性によって印象的なくだりをほぼ直訳してみました。検事に「母親の死の翌日、もっとも恥ずべき放蕩にふけった」と意味づけされるような行動を控える気もなく、（ムルソー本人の公判における発言によれば）「太陽のせいで」殺人を犯し、死刑判決を受けた、いかにも"不条理"な主人公ムルソーが、処刑間近になって死を受け入れ、達観したかのように静かな心持ちになった、ということであれば、その達観を情緒的に伝えるよう、意訳するのは理解できることです。

　しかし、原文を訳読するはめになった学生はたいてい最初の下線部分でつま

ずきました。「出発」が単数形ならば、「出発」の意味上の主語は「私」で、再び娑婆の空気を吸うことを断念する踏ん切りがついたわけですから、「いまや私とは永遠に無関係になった一つの世界」も理解できます[註1]。

なぜ原文は複数形の「出発」(「いまや私とは永遠に無関係になった一つの世界への様々な出発 des départs pour un monde qui maintenant m'était à jamais indifférent」) なのでしょうか？考えられるのは、「様々な出発」の主語が人々、それも、「誰も、誰ひとり」「ママのために泣く権利などない」と拒絶される人々であることです。

人々の様々な「出発」が、つまり、それぞれの欲望、欲求、目的、義務、責任、等々に支配されたそれぞれの一日の生の再開、その多様性、雑多性が、所詮は「一つの世界」、として括られるところに、或る侮蔑・拒絶が明確な形をとって現れているものと思われます。その侮蔑が、ひいては、そうした人々とは違う「ママ」の人生をその単一性(「一つの人生の終りに…)において捉えることにもつながってくるのでしょうし。

正確には何がここで否定されているのでしょうか。もう一つの下線部分、「夕暮れはいわば憂鬱な休戦のようだった」[註2]にその鍵があります。「休戦」ですから、何らかの闘いが暗黙の前提になっています。

註1：従来の訳はこの解釈をとっているようです。たとえば、「新潮文庫版の窪田啓作訳、および新潮社版カミュ全集の中村光男訳を参考に」「新しい訳を試みた」という三野博司氏の訳文でも「出発」は単数形であるかのような訳になっています——「夜の境で、サイレンがなった。それは、いまや僕とは永遠に無関係になった一つの世界への出発を、告げていた」(『カミュ《異邦人》を読む—その謎と魅力—』、彩流社、2002年、137頁)。

『カミュ、《異邦人》のムルソー―異教の英雄論―』（R. シャンピニィ、関西大学出版部、1997年〔原著1959年〕）の次の指摘が指針になります――"ムルソーは野心を放棄している〔…〕。つまり彼は社会的虚栄心は持っていない〔…〕。彼は、マリーの気持ちを占めている結婚という非自然的な欲望に混乱させられることはない〔…〕。ムルソーは彼の内部で無用な上部構造を取り壊している。情熱（死刑を宣告されて後、彼に現れる基本的な一つの情熱を除いて）によって、彼は自分のアタラクシアとか、具体的な現実に至る明るい自分の通路を危険にさらすということはしない"（38頁）。

　世俗の人々の、"社会的欲望"に駆られ、「〜への出発」の再開・反復の形で、闘いとして生きられる日々。結果に結びつくか否かは措き、ある結果を目指すこと、"野心を持つこと"だけが価値ある行為、あるいは"情熱"とみなされる。"投企と行動の哲学"であり、"私の人生は〔…〕未来に向けて開かれている時、私が未来に向けて投企することができる時、一つの価値を持つ"とみなされる（128頁）。

　この作品で問題にされるのは、世俗的闘いだけではありません。ムルソーは独房を訪れた司祭、"人生を神の裁きの準備としか考えない"司祭に烈しい怒りをぶつけます。"司祭は人生にそれを超越する一つの価値を与えようとする。

　註2：「夕暮れは憂愁に満ちた休息のひとときだった」（三野訳）、のような意訳（？）をする大胆さは私にはありません。原文は le soir était comme une trêve mélancolique. です。comme（＝〜のような）が無視されています。「夕暮れ」＝「休息」という自然な発想に従ってのことでしょう（たしかに trêve はこの弱められた意味でも用いられます）。しかし原文にある"〜のような"は、その後ろの trêve が意外感を与える意味で用いられていることを示しています。"休息"ではなく原義の"休戦"で解したいところです（中村訳では「憂愁に満ちた休戦なのだ」）。

そうすることで、司祭は彼の人生を疎外する"（129頁）からであり、また、司祭は「あなた方のどんな悲惨な人々でも、闇から出て、神の顔が浮かび出るのを見たことを知っている」と言い、ムルソーにもその、「神の顔を見る」心の闘いを要求するからです。

「ママ」が死を前にして、その「休戦」を感じた闘いは、これらの"未来に向けての投企"としての闘いとは別種のものだと考えられます。

ムルソーは思い出します、「ママはそのことをよく口にしていたが、人間はついには何事にも慣れてしまうものだ」。しかし、それは監禁生活にただ順応しようとして「僕はしばしば、枯れ木の幹の中に入れられて頭上の空の花模様を眺めることしか他にすることがなく、生きることを強いられたとしても、私は徐々にそのことに慣れてゆくだろう」と考える彼と同じ事情を語っているとは思えません。

「家にいたとき、ママは黙って、僕を目で追うことで、時をすごした」と小説の冒頭近くで描写される「ママ」は、慣れるべき新しい事態にいたとは説明されていません。仕事に特別不熱心というわけではないが、「どうでもいい」「たいして重要ではない」が口癖で何かにつけ投げ遣りな息子ムルソーの暮らしぶりを知っている私たちは、そのときの「ママ」の気遣わしげな目つきや口元が容易に想像できます。何かをしたいと思っても、言いたいと思っても（息子に…そんな、すべてに投げ遣りなことで…と言ったところで）、所期の成果、はかばかしい結果が得られるわけではない、だったらやめておこう、心残りにもいずれ「慣れてしまうものだ」ろうから…。そうして、息子に対してのみならず、おそらくは夫の死後の身の振り方についても、自分の内心の何かを封じ込めるために続けてきた闘い。「人間はついには何事にも慣れてしまうものだ」と口に出してまで言うことで自分を慰めながら。

結果を目指すことだけを価値ある行為とみなす行動主義は、多くの人を鼓舞するものでもあり（そのこと自体は因縁をつける筋合いのものではないでしょうが）、時代に居座るその気圧を、その抑圧性において被る存在も少なからずいた、ということではないでしょうか。「ママ」もその一人であり、宗教も、ムルソーの独房を訪れたあの司祭の教条的言説を見る限りでは…、と考えられます。(時代の気圧が形成した)社会的自我の根源的自我に対する抑圧的な闘い。鼓舞されながらの闘いではなく、血のざわめきを抑えこむ闘い。そんな闘いの「休戦」。夕暮れは、とりわけ死が半ば領する場所では、人を不毛な闘いから「解放」し、根源的な自分のもとに送り戻す。

　もちろん、「憂鬱な休戦」と言われるからには、根源的自我の状態は「憂鬱な」何かのようです。しかし、"野心"、闘い、あるいは「希望」（さらに末尾に近づくと「しるしと星々とに満ちたこの夜を前にして」「希望が私の中で枯渇した」ことが「浄化」と同等に語られます[註3]）を生の指針にしないとなれば、同時にあらゆる光や活力も私たちから消え失せるということでしょうか。そうではないようです。従来のように、mélancolique を「憂愁に満ちた」と情緒的に訳すのではなく、「憂鬱な」と訳したいのは、"鬱" という語の "木が茂って空が見えず、草が茂ってむんむんする"（新明解辞典）という原義がここでは生きてくるように思われるからです（フランス語でも、辞書に "メランコリーの黒い太陽" soleil noir de la mélancolie といった詩句が用例にとられるように、

────────────

註3：しかし、ここで言われる希望は、後に『反抗的人間』でカミュが非難する「虚無的」希望――その最たるものが「歴史的革命への要求」、すなわち、「〔現在の〕絶対的否定から出発し、無限の時間の果てに或る oui〔"そうだ、これだ"〕をつくるために、あらゆる隷属状態を余儀なくされること」――にあたるものです。

展望が開けず出口・はけ口がないというネガティヴな側面は無視できないにせよ、濃密な活力の了解が認められます)。

　というのも、この「憂鬱」を通して理解すべきは、死の受け入れではなく、生への開け、だからです。「ママ」がその"許婚者"を相手に始めた「生きなおす・再び生きる revivre」という行為は、具体的には次のように想像されます。過去のやりなおし、というよりは、血のざわめきを、かつてしたことがないように生きる、成果からいえば当然果かないと知りつつ、死によって唐突に・永遠に・跡形なく中断されることも重々承知の上で、そうした憂いには無頓着に、あるいは憂いに情愛が濃やかになるのを感じながら生きる、生き方の前向きな変更。この想像を導くのは、「ママ」にならって、「ママ」の生き方の変更を受け継ぐ形で、「私もまた、すべてを生きなおす態勢にある自分を感じた」という「私」が行なうことです——「この様々なしるしと星々に満ちた夜を前にして、私ははじめて、世界のやさしい無関心に自分を開いてゆくのだった je m'ouvrais pour la première fois à la tendre indifférence du monde」。

　「世界」といっても、この小説では、それに「私」が「自分を開く」のは束の間です(性急に、「すべてが完了するように、自分をより孤独でないように感じるために」、「処刑の日に多くの見物人が集まり、私を憎悪の叫びで迎えてくれる」という短絡的なカタルシスを願望することで作品は閉じてしまいます)。「世界」も、夏の夜の静けさを満たす様々なものに限定されています。しかし、「顔のすぐ上に輝く」「星々」、「私のところまで絶え間なく上ってくる」「田野のさまざまな物音」、「私の両のこめかみを爽やかにする」「夜のもろもろの匂い、大地と塩の匂い」、等々にたいする「兄弟」愛(「世界がこれほど私に似ていて、兄弟のよう fraternel と感じること」)は、後の『ペスト』(1947年)での、人々との抵抗(ペストに象徴されるすべて[註4]への"反抗" révolte)の

111

連帯関係へと発展します。全面的に信用することは決してできないが、その多面性の或る側面において、あるいは変わることができるその可能性において隣人達と結ぶことが可能な連帯関係…

　要するに、「憂鬱」の"憂い"の側面に意識が囚われないようにすることの重要性、だと思います。モーパッサン（1850〜93）も、『女の一生』の末尾で、「人生、それは人が思うほどには決して良くもないし悪くもない La vie, ça n'est jamais si bon ni si mauvais qu'on croit」と書いていますし。あるいは、アヌイの戯曲『アンティゴーヌ』（1944年初演）の有名なくだりも、決して「悲劇」にならない「憂鬱」な現実、ゆえに繊細に生きてみる労に値する生を喚起して印象的です。

　　　清潔なものです、悲劇というのは。それは安心させます、確実ですから…ドラマのなかでは、あれらの裏切り者や、あれらのしつこい意地悪がいるかと思えば、あの迫害される無垢もあるし、あれらの復讐者もいる、あれらの人助けの好きな連中も、あれらの希望の薄明かりもあるという具合で、死ぬことは心底ぞっとすることになるのです、なにか無意味な事故

　註4：内田樹氏は『ためらいの倫理学』（角川文庫、2003年）でこう述べています：「"ペスト"とは自分の外側に実在する邪悪な何かのことではない。そのような実体化された邪悪で強力な存在を自分の"外部"に作り出し、その強権的な干渉によって自分たちの不幸と不自由の理由を説明しようとするような精神のあり方こそが"ペスト"なのだ。〔…〕"ペスト"とは、"私"が"私"として存在することを自明であるとする人間の本性的なエゴイズムの別名である。おのれが存在することの正当性を一瞬たりとも疑うことのない人間、"自分の外部にある悪と戦う"という話型によってしか正義を考想できない人間、それが"ペスト患者"である」（341-2頁）

のような。〔…〕悲劇のなかでは人は心静かです。第一、仲間内ですから。誰にも罪はないのですからね、つまるところ！

「裏切り者 traîtres」（こちらに敵対する側の信義を裏切る人の場合もある、警戒心は緩められないが）にも、「しつこい意地悪 méchants acharnés」（どうしようもないサディスト以外に、決定的な悪はなさないが小さなトゲを幾つも持つ刺激的な存在も考えられる）にも、「復讐者 vengeurs」（誇り高い人も恨みがましい人と同様このカテゴリーに入る）にも、「人助けが好きな連中 ccs terre-neuve」（必ずしも有力であるとは限らない）にもこと欠かない、玉石混交、光と影が入り乱れる、決定的な判断をうけつけない他者たちとの総じて「憂鬱な」関係、それが、そのつどの人間的蘇生と「希望の薄明かり lueurs d'espoir」を可能にする。それ以上にすべてを遠くまで照らし出す強さに達することはないが、決して消えることもない心の薄明。心を鬼にすべき折も多々あれ、鬼に支配はされないやわらかいやさしいこころ…

2．ボードレール（3）：濃密な生、成熟

ANY WHERE OUT OF THE WORLD 世界の外ならどこへでも

　この生はどの病人もベッドを換えたいという欲望に取り憑かれている病院である。ある者はせめてストーブの正面で苦しみたいと思い、またある者は窓のそばなら治癒するだろうと信じている。
　私の場合、自分が今いるこの場所以外のところであれば常に快適だろうという気がしているので、引越しの問題は私が私の魂と議論を交わす問題

の一つになっている。

「言っておくれ、私の魂よ、私の冷え切った哀れな魂、リスボンに住むのをどう思う？温かい気候に違いないし、きみは蜥蜴のように元気を取り戻すのだろうけど。あの街は水のほとりにある。噂では、街は大理石で造られており、住民は植物を嫌うあまりあらゆる樹木を引き抜いてしまうそうだ。まさにきみの好みにぴったりの風景ってわけだ。光、鉱物、それらを映す液体、だけでできた風景！」

 私の魂は答えない。

「きみは動くものを眺めながら休息するのが好きだから、オランダ、あの至福の国に行って住まないか？あの土地でならきみも気晴らしができるのだろうけど。どこの美術館でもしばしば、そこを描いた絵にほれぼれと眺め入ってたじゃないか。ロッテルダムはどう？帆柱の森とか、家並みのすぐ足もとに係留された船舶だとか、そんなものが大好きなきみじゃないか。」

 私の魂は沈黙を守っている。

「バタヴィアのほうがきみにもっと微笑みかけるのかもね？ぼくたちはそこに、熱帯の美とヨーロッパの精神の婚姻を見出すことにもなるだろうけど。」

 うんともすんとも言わない。──私の魂は死んでしまったのか？

「じゃ、きみは、きみの病いのなかでしか居心地よく感じないほどまでに麻痺してしまったのかい？だとしたら〈死〉のアナロジーである国々に逃避しよう。──ぼくに任せてくれ、可哀そうな魂よ！ふたりでトランクをまとめてトルネオに出発だ。さらに遠く、バルト海の最果てまで行こう、もし可能なら生からさらに遠く離れて、北極に居を定めよう。そこでは太

陽は斜めに地面を掠めるばかりで、光と夜の緩慢な交替が多様性というものを抹消し、単調さを増大させる、虚無のあの半身を。そこでなら、ぼくたちは長い暗闇の沐浴がいくらでもできるし、その間、ぼくたちの気晴らしのために、オーロラが、〈地獄〉の業火の反映のような、その薔薇色の花束をときおりぼくたちに差し出してくれるってわけだよ！」

 とうとう私の魂は爆発をおこし、賢明にも私にむかってこう叫ぶ。「どこだっていいんだ！どこだって！この世界の外でありさえすれば！」

 詩人の死後（1867年）に発表された晩年の詩だからか、強い厭世感情や、来るところまで来たような逃避欲求を見て終わりにされる傾向の強い作品です。しかし、そんな衰え沈みゆく生の気力についての虚心坦懐な表現であるには、現実から逃げつつ生き延びようとする人間の悲惨さを浮き彫りにする第一節の"人の悪い人間観"が、あまりに生々しい毒を含んでいるように思えます。じっさい、「私の魂」は癲癇を破裂させるに至るわけですし、最後の罵詈が宛てられているのは、ほかならぬ、問題の人間的悲惨さを悲惨とも思わず一身に体現する「私」（正確には、「魂」に対する精神とか理知とか、いわば心の上｜半身｜でしょうか）なのですから。

 その「私」の人生観はどのようなものでしょうか。我々は「病人」である。したがって、「居心地よく感じる se plaire」ところを探す「引越しの問題」を大真面目に「議論」する権利がある。さらに「元気〔陽気さ〕を取り戻す se ragaillardir」方策を探らねばならない、回復されるのが、人間離れした陽だまりの「蜥蜴」のような活力であろうと。「動くもの」を見るときは、あくまで見物人の気楽さが確保されなければならない（「動くものを眺めながら休息する le repos, avec le spectacle du mouvement」は、直訳すると、「動きの見世

物をともなっての休息」)。何よりも「気晴らし」が肝要だ（se divertir がオランダで、nous divertir が北極で用いられる）。「至福の béatifiant」と形容できるものももちろん必要だが、蕩かすような解体的強度を持つものであってはならず、「休息」が得られねばならない、たとえば「長い暗闇の沐浴 dc longs bains de ténèbres」のような…

　要するに、生きることに対する、同時に巧妙で怠惰な了解です。そして、それ以外の可能性は脳裏を掠めもしない。存在するのは、定冠詞付きの、観念化され、了解済みの、「世界 le monde」であり「生 la vie」であり「〈死〉la Mort」であり、生き終わる前からすでに本質的には完結していて、閉じています。ゆえに、(第一節の「ある者は…またある者は…」で皮肉られるように）銘々の「好み goût」に応じてせめても「快適に」過ごすことの観点からしか生の（豊かさの）問題は提起されない（「自分が今いるこの場所以外のところであれば常に快適であろうという気がしているので、引越しの問題は…」)。

　そういう閉じられた世界を、「私の魂」は指示形容詞付きの「この世界」として相対化、特殊化してしまうのです。最後の文は、…pourvu que ce soit hors de ce monde! です。目前に、指差せるほどに歴然と存在する「この世界」、つまり、誰もが自分を癒されるべき「病人」だと考えている（つまりメランコリーが"鬱"の深みにおいてではなく晴らすべき憂愁という表層において捉えられる）「この世界」。その「外」なら「どこだっていいんだ！」と言うわけです。詩の末尾の、指示形容詞が付され特殊化された「この世界 ce monde」と、「私」の誤解を反映するタイトル N'IMPORTE OÙ HORS DU MONDE に隠れた（前置詞 de と定冠詞 le が縮約して du になっている）定冠詞付きの、傲慢にも一般化された「世界 le monde」とのねじれ・不協和、そこに、この詩を包む刺戟臭の発生源がある、とも言えます。また、この詩は、よく指摘される

ような韻文詩「パリの夢」や散文詩「旅への誘い」「港」の二番煎じではなく、それらに対するメタレベルでの捉え返しである、とも考えられます。そして、「この世界の外でありさえすれば！」が指向するのは、あらゆる了解（可能性）の外部であり、したがって、或る了解に従って送られる・(遣り) 過ごされる生ではなく、生きられる生、少なくとも「好み」、趣味嗜好の問題に還元されない生ということになります。

　では生きられる・生きるべき生とはどのようなものでしょうか？「私の魂」の「好み」に従うという「私」のアリバイ工作に騙されなければ、「私」が排除しようとするものに鍵があります。「私」が最初に飛びつく、「植物への甚だしい憎悪」（上では「植物を嫌うあまり」と訳しましたが、une telle haine du végétal の直訳です」）、そして、末尾近くで惚れ惚れと語られる極地の太陽による「多様性」の「抹消 supprimer」、が注目されます。

　「植物」的繁茂との「アナロジー」（類似、類推）で考えられる生です。韻文詩「パリの夢」でも、手始めに「追放 bannir」されていたのは「不規則な植物 le végétal irrégulier」でした。植物は、或る分類で名が知れ、了解されはしますが、そんな了解が余り意味を持たないほど、現実には、意想外の「多様性 variété」において感覚に訴えてこないでしょうか。同じ草花や樹木が、光や土壌によって多種多彩、雑多な、変化に富んだ成長をします。また、切っても剪っても芽を出すことを止めず、あらゆる方向に（「不規則」にと思われるほど）茎や枝を伸ばし放題に伸ばし、一定の形状の葉や枝の出し方のパターンにもかかわらず、（人間の都合という手が入らなければ）茂みや木立としては複雑で、類に特有の外形というものがないのか、とさえ思われます。やはり、メランコリーの"鬱"の深み、「植物」的繁茂たる"鬱"の濃密な生気との「アナロジー」において、「私の魂」が求める生、気の晴れる出口なしに（なしでも）

生きられる生、（変化を止めない「多様性」と「不規則」性によって）すんなりと安心して過ごされるがままにならない生を考えることに導かれます。

　導かれますが、具体的にはどんな生なのか、この詩は語りません。それほど、アヌイの区分を借りると、「ドラマ」である生を「悲劇」仕立てにして、我々は「心静かです。第一、仲間内ですから。誰にも罪はないのですからね、つまるところ！」みんな「病人」なんです！などと言おうとする、そのような自分を労わる了解を絶えずどこかで持とうとする、あるいは手放そうとしない、そういう人間の或る部分（私には耳が痛く感じられるのですが）への皮肉が圧倒的にこの詩を支配しているわけです。過ごされる生、暮らし、ではなく、こまごまと濃く（身を入れて）生きられる生、ということでは、「善良な犬たち Les bons chiens」（散文詩集『パリの憂鬱』の50番目、巻末の詩）の以下のくだりを考えずにはいられません。

　「犬たちはどこに行くのだ？」ときみたちは言うのか？注意深さを欠いた人たちだ。彼らはそれぞれの用事に出かけるのだ。
　仕事上の待合わせ、逢引きの約束。霧のなかを、雪のなかを、汚泥のなかを、骨身にこたえる酷暑の下を、降りしきる雨の下を、彼らは往く、彼らは帰る、小刻みに走る、馬車の下を潜り抜ける、蚤や情熱や必要や義務に駆り立てられて。私たちと同様、彼らは朝早くに起きたのだった、そしてそれぞれの糧を探し求め、あるいはそれぞれの快楽を目掛けて走る。
　〔…〕
　それに彼らはみなとても几帳面だ、手帳もなし、メモもなし、書類鞄もなしで。

"風"に寄せて人間が学ぶべきことを語るモンテーニュの文章（39頁）を想起させます。また、「幸福」や癒しや安息やに囚われて「注意深さを欠」くゆえに、憂鬱・鬱勃たる生——犬であれ風であれ植物であれ…慢心した人間"以外であればどこにでも"それぞれのかたちにおいて見出されるかのようである濃密かつひたむきな生——の価値・尊厳（「名誉」）を余りにしばしば見失う私たちのことが歎かれているのでしょう、その価値を可感なものにするような「報酬」をもたらす「特別な天国」を夢想して見せる啓蒙的な動向をもこの散文詩は経由します（明らかな「報酬」なしにはどうしても何も感じられないのか、私たちは？という溜息とともに）。

　詩人は、「人間の幸福 bonheur のことであまりにも頭が一杯の共和政府」にこうした「犬たちの名誉 honneur を慮る余裕」があれば、と皮肉を飛ばすだけでなく、こうも言うのです。「一体何度私は考えたことだろうか、これほどの勇気、これほどの忍耐と労苦に報いるための特別な天国、あらゆる善良な犬たち、あらゆる哀れな犬たち、泥まみれで沈痛な面持ちのあらゆる犬たちのための天国が多分どこかにあるのではないか（果たしてそうでないと誰が言えよう？）と」

　もっとも、そんな「天国」の夢想も、まったく地上的な（しかし神秘的な）「報酬」への言及の前では当然色褪せることになります。そのどこか漠としていながら反復的な言及は、『悪の華』39番（無題）の以下の希求とそう遠くはない何かとともにあると思われます——"もし〔その〕記憶が、不確かな寓話にも似て、打弦琴のように読者の耳につきまとうことがあれば"、"ある宵、人々の脳髄を、大いなる北風に恵まれた船さながら、夢想させる〔初版では、働かせる〕ように"…

　「哀れな犬たちを歌った詩人がその報酬としてもらった、豊かでありながら

褪せた色合いの、美しいチョッキ un beau gilet, d'une couleur, à la fois riche et fanée」が、「秋のあらゆる陽射し、成熟した女たちの美しさと晩秋の少し汗ばむほどの日々を思わせる qui fait penser aux soleils d'automne, à la beauté des femmes mûres et aux étés de la Saint-Martin」と詩人は書きます。そのチョッキの贈呈に関しては、詩人がブリュッセル滞在中に目撃した事実に基づく、とは注解でよく触れられることで、わかるも何もないことなのでしょうが、そのチョッキがなぜそういう「色合い」をしているのか、また、なぜこの散文詩がそのくだりを以下のようにほぼ反復することで終わるのか、については、性急に解決を図るような事柄ではなく、『悪の華』39番の希求に沿って、とにかく生きながら「とても」ゆっくり考えてみるべきことであり、"ある宵"わたしたちの内でついに持つであろう生気とひろがりを待つ神秘的な(厳粛な)何かであるように思われるのです——「そして詩人は、画家のチョッキを身につけるたびに思わずにはいられない、善良な犬たちを、哲学者のような犬たちを、晩秋の少し汗ばむほどの日々を、とても成熟した女たちの美しさを à la beauté des femmes très mûres」

補遺
「いずれが本当の彼女か？」と
　　　「描きたい欲望」の解釈の試み
　　　　　　（Ⅲ章2．註3を承けて）

私はベネディクタという女性を知った。彼女は辺りの空気を理想で満たし、その瞳は、偉大さ、美、栄光への欲望を、そして不滅を信じさせるあらゆるものへの欲望を発散していた。
　　だがこの奇蹟的な女は、長く生きるには美しすぎた。だから、私が彼女を知るや否や数日後に死んだ。そして私が自ら彼女を埋葬した、春がその吊り香炉を墓地のなかにまで振っていた或る日のことだった。私が彼女を埋葬した、インドの櫃のごとく朽ちることなき香木で造った柩のなかに固く閉じ込めて。
　　そして、私の眼が私の宝の埋まった場所の上になお釘付けになっていたときのことだった、突然、私は亡き女に異様に似た小さな女を見た。この女はヒステリックかつ奇怪な荒々しさで、真新しい土を踏みつけながら、はじけるように笑いながら、言った、「私が本当のベネディクタ！手のつけられないげす女よ！あなたは気違いで盲目だったから、その罰として、これからありのままの私を愛することになるの！」
　　だが私は猛り狂って答えた、「いやだ！いやだ！いやだ！」また、拒否の意をより良く強調するために烈しく地団太を踏んだので、私の脚はできたての墓の中に膝まで没してしまい、罠にかかった狼さながら、私はこのまま、おそらく永遠に、理想という墓穴に繋ぎ止められたままだ。

「いずれが本当の彼女か？」と題されたボードレールのこの散文詩を、アイロニカルなロマン派的幻想譚としてではなく、幻想譚にかこつけた、現実の男女関係の寓意的な報告として読むことができないでしょうか？
　「この奇蹟的な女は、長く生きるには美しすぎた。だから、私が彼女を知るや否や数日後に死んだ」、という、あまりに素っ気無い言い方のせいでロマン

派好みの主題の戯画のように見える、いかにもありえない事柄を語る文の後に来る、打って変わって現実的細部に満ちた二つの文が注目されます——「私が自ら彼女を埋葬した、春がその吊り香炉を〔…〕。私が彼女を埋葬した、インドの櫃のごとく〔…〕」。なぜ反復されるのでしょうか？いずれも「私」の主体性を強調する構文で、また動詞も変えずに（C'est moi-même qui l'ai enterrée, un jour que le printemps... C'est moi qui l'ai enterrée, bien close dans...）？

幻想譚の体裁のもとにここで或る現実が導入されているのではないでしょうか？「偉大さ、美、栄光への欲望を、そして不滅を信じさせるあらゆるものへの欲望を発散」する、つまり、「私」の生に動きと勇気と慰めをもたらす存在としてのベネディクタの一面を、「私」が、主体的に、「埋葬」した、という現実。彼女との関係において「私」が自発的に自己中心的個人主義（自己の救済のために他者を利用するありよう）を断念した、という現実。すると、彼女は死んだのではなく、従って、「亡き女に異様に似た小さな女」が、末期ロマン派的に、墓から悪夢のように甦るのではなく、彼女は生きているのであって、「私の」その断念によって初めて、彼女の中の「奇怪な bizarre」（何度聴いても馴染むことのできない）叫び——「私が本当のベネディクタ！手のつけられないげす女よ！」——が聞き取れるようになる、と解することができます。

この線で解釈すると、この散文詩は、理想の象徴たるベネディクタと、汚れた地上的現実の象徴たるベネディクタとの間でなすべき二者択一、「私」の問題としてのロマン派的二者択一（人が悪い詩のタイトルはこの解釈を唆すのですが）を呈示するのではなく、まず第一に、ベネディクタという一個の人格がかかえる現実の矛盾、無秩序、あるいは光と闇の交錯、を寓意的に呈示している、ということになります。一方では、「偉大さ、美、栄光への欲望を、そして不滅を信じさせるあらゆるものへの欲望を」自らの内に溢れんばかりに湛え

123

ており(でなければそういう欲望を「発散する répandre」ことはできないでしょうから)、しかし同時に、そのような欲望と真っ向から対立する、汚らわしいまでの何か——"貞節の反対をなすような美徳"との形容（前掲・渡辺邦彦訳『パリの憂鬱』、192頁）からすると、性的放縦に傾斜した情の深さか？——をも内在させている存在。しかも、そうした矛盾を自身では扱いかねて、「手のつけられないげす女 une fameuse canaille」とも言うべき側面を、「本当のベネディクタ！ la vraie Bénédicta！」・「ありのままの私 telle que je suis」と決めつける自虐的な叫び(「はじけるように笑いながら」はおそらく自らを嘲る甲高い笑い)に至っているありよう。

　そうすると、「私」の「猛り狂っ」た「拒否」は、「私」の内部での、汚れた地上的現実の拒否というロマン派的・対自的な選択を象徴するのではなく、他者の暴力的で不吉な自己矮小化に関する現実的・対他的な否定と解されます。それも、「私」の内部で完結する独語レベルでの否定ではないようです。

　「私」は「拒否の意をより良く強調するために pour mieux accentuer mon refus」「烈しく地団太を踏み」ますが、その「強調する」という動詞 accentuer の、相手によく判るように或る表現要素にアクセントを置くという原義を考えれば、この"烈しい地団太踏み"は、彼女の自虐的自己矮小化への「私」の非・同意をよりはっきりと彼女に判らせよう・伝えようとする、だがもどかしい努力・行為の数々と解されます。また、その"烈しい地団太踏み"の結果、「私の脚」が「理想という墓穴」に「膝まで没してしまった」とありますが、その箇所を、末期ロマン派的な自虐的アイロニーを越えて、やはり対他関係の文脈でも読ませる要素として、「罠にかかった狼さながら」という部分が注目されます。

　唐突に思える「罠」ですが、彼女の自虐的自己矮小化への「私」の非・同意

から、「私」自身のためには葬り去った「理想」への関係を結びなおし（「理想という墓穴」に「膝まで没し…」）、その関係を永遠化する（「おそらく永遠に〔…〕繋ぎ止められたままだ」）に至る動きを考えましょう。彼女の自虐的自己矮小化を前にして、「理想」「への欲望を発散する」存在としての彼女を彼女に「強調」し続けることが、「罠にかかる」ことの具体的な意味だということになります。彼女の暗部と拮抗する光の側面を「私」が彼女に「強調」することで、いわば「私」が彼女の存在を支えねばならなくなる「罠」へと、彼女は、「私」に宛てたこれ見よがしの自虐の叫びによって、「私」を導いていたわけです。自分を支えてほしいという、いわば甘えの「罠」だと知りつつ、甘んじてその「罠」に落ちようということでは優しさの横顔が認められますが、ではなぜ「狼」なのでしょうか？

　なぜなら、「私」が支える、といっても、このように支えられる彼女は、汚らわしいまでの何かとの嫌な緊張・葛藤の状態に追い戻されるだけの話だろうからです。「私」が彼女を支えるといっても、その優しさには、──彼女固有の問題に何らかの解決を与えるわけでは決してない（「理想」「への欲望を発散する」側面にこそ「本当の」きみがある、とは「私」は言っていない）から──彼女が担うべき自己の苦しい不安定な現実の、安直な自虐的単純化だけは許さないという厳しさ・酷さ（＝「狼」）の横顔をも認めねばなりません。

　彼女固有の安心できない内的緊張をはらむ孤独へと彼女を突き返す、厳しい個人主義に根をおろした優しさ。おそらくその孤独に彼女の生命の宿命的な、かけがえのないありようが見られているからでしょう、突き返して放擲する、といった無責任な厳しさではなく、病的（「ヒステリック」）な自己破壊、あるいは自己の存在の偽造に訴えることを阻止すべく「おそらく永遠に」彼女を不安定なままに支える・抱きしめる、という優しさ。

やはりベルト／ジャンヌ・デュヴァルを霊感源にすると見られる散文詩「描きたい欲望」において、このような優しい厳しさとも厳しい優しさとも言える姿勢を、詩人はより深く掘り下げているようです。
　「彼女が姿を消してすでに何と長い時が経ったことか！」と嘆かれる（表現を変えるとおそらく「いずれが本当の彼女か？」における"私が彼女を埋葬した"）女性が「描」かれるのは、第3節です――「彼女は美しい、そして美しいではおさまらない、彼女は驚異的 surprenante だ。彼女のなかには黒が満ち溢れ、彼女が心に呼び覚ますものはすべて夜のようで奥深い。彼女の眼は神秘がほのかにきらめく二つの洞穴であり、そのまなざしは稲妻のように照らし出す。暗闇のなかでの炸裂」。
　「心に呼び覚ます inspirer」は、「いずれが本当の彼女か？」における「発散する répandre」と重なります。つまり、「偉大さ、美、栄光への欲望」「不滅を信じさせるあらゆるものへの欲望」というロマン派的欲望に代って、ここにはより個人的な欲望（が向かう"理想"）が露呈していると考えられます。描写の中断（第4節）を挟んで、描写が再開される第5・6節では、欲望の性質がより明らかになります。
　第5節においては、二種類の開口部の即物的・夢幻的魅惑に官能・想像力とも淫するようなエロス――「〔…〕この不安にする顔の下部、動く〔＝交互に拡がり収縮する〕鼻孔が未知と不可能とを呼吸するその下に、名状しがたい優美さとともにはじける哄笑の、その赤と白の、甘美な、大きく開かれた口、それは火山地に咲き誇る華美な一輪の花の奇蹟を夢見させる。Cependant, au bas de ce visage inquiétant, où des narines mobiles aspirent l'inconnu et l'impossible, éclate, avec une grâce inexprimable, le rire d'une grande bouche, rouge et blanche, et délicieuse, qui fait rêver au miracle d'une superbe fleur

éclose dans un terrain volcanique.」

　次いで詩の末尾、第6節は、（第5節に潜在していた）死の欲動・タナトスを一層色濃く感じさせます──「押さえつけ享楽したい欲望をそそる女たちがいるが、彼女はそのまなざしの下で緩慢に死んでゆきたい欲望を与える」。（享楽の欲望ではなく死の欲動を刺戟する、とは言われていませんから、「…をそそる女たちがいるが、〔その一員である〕彼女は〔さらに〕そのまなざしの下で…を与える」、と補って読みたいところです）

　しかし、以上の"理想"的な何かとは不協和なものを、この詩もやはり含んでいます。第5節でエロスの沈潜が始まる前に、そのいかにも詩的なイマージュ群にたいして違和感を与える、「頑強な意志と餌食への愛の宿る」──至って散文的な、"品位を落とす"註1──「彼女の小さな額 son petit front」が語られます。"亡き女に異様に似た小さな女 une petite personnage"を連想させます。すると、第5節の続きと第6節は、その「餌食への愛」の仕掛ける（エロス・タナトスの）"罠"に（不名誉感なしにとは言えないものの）自ら堕ちようという選択、（それがせめても彼女のよろこび・力付けにつながるのであれば）甘んじて「餌食」になろうという選択をも示すという可能性が出てきます。しかも、「餌食」になるのが一思いに一度限りのことではなく、時間をかけてであることが、「緩慢に死んでゆきたい欲望」の副詞「緩慢に lentement」で暗示されることからも、「いずれが本当の彼女か？」末尾における"罠にかかった狼さながら、私はこのまま、おそらく永遠に、理想という墓穴に繋ぎ止められたままだ"と響きあうのです。

　このような「私」の自己放棄の優しさは、この散文詩の「彼女」における自

註1：J. A. ヒドルストン、『ボードレールと『パリの憂愁』』、沖積舎、152頁

らの宿命の引き受け（「頑強な意志」）への敬意ゆえのことだと思われます。その受け入れが、暴虐への抵抗とも言うべき誇り高い何かであることが、第４節の、折り重なる受動態のさなかに孤立無援で昂然たる面持ちの「叛く」によって示されているようだからです――「私は彼女を黒い太陽にも喩えよう〔…〕。だが彼女の性分は一層月を思わせる〔…〕。冷やかな花嫁に似た牧歌的な白い月ではなく、不吉な酔わせる月、荒れた夜の底に吊るされ、走る雲に次々と乱暴される月、無垢な人々の眠りを訪れる安らかな慎ましい月ではなく、空から剥ぎ取られ、征服され、なお叛く月、テッサリアの魔女の群れに、怯える草の上で踊ることを手荒に強要される月」。

　自らの内で執拗に荒れ狂う何か（虚無の感情の巣喰う放縦な情欲？[註2]）を否認もせず、そこにベネディクタのように「ありのままの自分」を見る自虐的安楽にも堕さず、ただ「叛く révoltée」（反抗・憤慨する）非・同意という抵抗。無力・流謫の感覚に容赦なく曝される抵抗の、その「頑強な意志」への敬意・いとおしさのゆえに「私」は、彼女の「餌食への愛」――抵抗の「意志」の根源に血のざわめきと温かさを呼び戻すための必要悪（"品位を落とす"様態においてであれ、いわば人心地がつき、権能の感覚と誰かの密接な現前の感覚を彼女に回復させる何か）とみなされているのでしょう――「餌食への愛」にたいして我が身を差し出す、という優しさを抱く、そのように考えられます。この優しさに、エロス・タナトスへの自己解体的惑溺といった（「私」にとって不名誉ながら"理想"的な）利得の潜在を否定するのも不誠実ですが、同時に、彼女が孤独に向き合う他はない不幸な内的緊張を、彼女固有の生、「私」の介入によっても変形・解消できない、またそもそも変形・解決を考えるべきでもない、かけがえのない生の形として抱きしめる厳しい個人主義の横顔を見落とすことはさらにできません。

優しさだけとも言えない、厳しさだけとも言えない、深い陶酔（死の欲動を揺さぶるに至る快楽）が目的だと言って済ますこともできない愛。不純と言えば不純な愛ですが、血の通う人間の入り組んだ濃やかな感触を思い起こさせる何かがそこにないでしょうか？

　註2：「描きたい欲望」と「いずれが本当の彼女か？」に挟まれた（残酷とも思われる終り方の）「月の恵み」（『パリの憂鬱』37）での説明はこうです。「気まぐれそのものである月」を「代母」とも「乳母」ともした「おまえ」は、誰を愛するときにも、その欲望・情欲が千篇一律に「おまえがいない場所、おまえが識ることのない恋人、怪物じみた花々、錯乱させる香り」等々への愛に帰すのを余儀なくされ、ゆえに「泣きたい気持ち l'envie de pleurer から永遠に解放されない」(言い寄ってくる男たちも、「未知の宗教の香炉にも似た禍々しい花々を、意志を混濁させる香りを〔…〕愛する」だけの存在であるし）。官能的に多くを求めさせる「気まぐれ caprice」が見失わせるものに由来する悲嘆。類似の基本的な問題意識が、ボードレールの詩に詳しかった或るスペインの作家の『乳房 Los Senos』(1917) に見つかります。愚かな乳房～慈悲深い乳房、朝の乳房～埋葬された乳房などありとあらゆる乳房の記述に終始する（誤解され易い）書物の、その「序」が言及する「罪」。乳房を通して「その完全な所有者たる他者に、固有の生を持つ一個の存在、優しい性〔＝女性〕が改善も手加減も解決もしない克服不可能な離在状態にある一個の存在に触れるかのような最初の惑乱と震え」を「過度な歓び」の奔流のなかに見失う「罪」。また総括の章での敷衍。「乳房は怪物の両眼のようだ、〔…〕私たちは時折気づく、女の顔の印象が消え失せていることに。そのとき私たちは自分がいかに汚れた存在であり、この世界がいかに汚れていて、そう規定されているかがわかる、世界がどんな義務を負うかということも。…vemos lo inmundos que somos y lo de este mundo que es el ser inmundo, lo prescrito que está, lo exigido que es.」(Ramón Gómez de la Serna, Obras Completas III, Galaxia Gutenberg, 1998, pp.533-4, 683)

あとがき

　『読むことのたのしみ』（斎藤広信・小幡一雄著、早美出版社、2003年）を、その出版当時から毎年テキストに使って、都合三つの大学で中級フランス語の授業をしてきました。ここで扱った、「朝の食事」、「酔いたまえ」、「異邦人」、『ル・プティ・プランス』の「キツネ」の言説、「バラ」のことを語る帰還間際の「王子」、『異邦人』末尾、「世界の外ならどこへでも」、すべてこの教科書に原文で収録されているものです。予習のときであれ、学生達とともにであれ、意に満たない授業の後ひときわ苦いコーヒーをのみながらであれ、読み直すごとに必ず何らかの発見と疑問と考え直しを触発せずにはおかない作品ないしは箇所を、選ばれないしは抜粋された慧眼に感謝します。

【著者紹介】

加川　順治（かがわ・じゅんじ）

1958年広島県生まれ。鶴見大学教授。
　論文に、「ボードレールの恋愛詩とフランスのモラリスト的伝統」、「プルーストとボードレール」、「フランスの明晰さとイタリアの繊細さ──パスカルとレオパルディ」、「近代的〈主体〉の先覚としての伊藤仁斎とモンテーニュ」、「日本とフランスにおける人間への肯定的視線の差異──誠実と尊厳をめぐって」、などがある。

〈比較文化研究ブックレットNo.8〉
フランスの古典を読みなおす
安心を求めないことの豊かさ

2010年3月25日　初版発行

著　　　者	加川順治
企画・編集	鶴見大学比較文化研究所
発　　　行	神奈川新聞社
	〒231-8445　横浜市中区太田町2-23
	電話　045（227）0850
印　刷　所	神奈川新聞社営業局出版部

定価は表紙に表示してあります。

「比較文化研究ブックレット」の刊行にあたって

比較文化は二千年以上の歴史があるが、学問として成立してからはまだ百年足らずである。近年、世界のグローバル化に伴いその重要性は増してきている。特に異文化理解と異文化交流、異文化コミュニケーションといった問題は、国内外を問わず、切実かつ緊急の課題として現前している。同時多発テロの深層にも異文化の衝突があることは誰もが認めるところであろう。

さらに比較文化研究は、あらゆる意味で「境界を超えた」ところに、その研究テーマがある。国家や民族ばかりではなく時代もジャンルも超えて、人間の営みとしての文化を研究するものである。インターネットで世界が狭まりつつある二十一世紀が、同時多発テロと報復戦争によって始まったことは歴史のパラドックスであろう。文化もテロリズムも戦争も、その境界を失いつつある現在、比較文化研究はその境界を超えた視点を持った新しい学問なのである。

鶴見大学に比較文化研究所準備委員会が設置されて十余年、研究所が設立されて三年を越えて機も熟し、本シリーズの発刊の運びとなった。比較文化論は近年ブームともいえるほど出版されているが、その多くは思いつき程度の表面的な文化比較であり、学術的検証に耐えうるものは少ない。本シリーズは学術的検証に耐えつつ、啓蒙的教養書として平易に理解しやすい形で、知の文化的発信を行おうという試みである。大学およびその付属研究所の使命は、単に閉鎖された空間における学術研究のみにその使命があるのではない。ましてや比較文化研究が閉鎖されたものであって良いわけがない。広く社会にその研究成果を公表し、寄与することこそ最大の使命であろう。勿論、研究所のメンバーはそれぞれ機関誌や学術誌に各自の研究成果を発表しているが、本シリーズでより豊かな成果を社会に問うことを期待している。

二〇〇二年三月

鶴見大学比較文化研究所 所長 相良 英明

比較文化研究ブックレット近刊予定

■宮崎駿における多文化主義と間文化性

相良英明

　夏目漱石と宮沢賢治と手塚治虫と宮崎駿には共通する特質がある。それは異文化融合によって日本に新しい文化を生み出したことである。特にジブリの名を世界にとどろかせたアカデミー賞受賞の宮崎駿監督は、異文化融合と多文化主義によって、ジャパニメーション（ANIME）の特異性を、世代と国境を越えた普遍性に変えたのである。「ナウシカ」から「ハウル」に至る宮崎駿の軌跡を辿りながら、彼の作品の間文化性と多文化主義を読み解く。

■人文情報学への招待

大矢一志

　電話や放送といった限られた場面だけではなく、日常生活で生み出される身近なありとある情報がいま急速に電子化されている。量による平衡化の前に、情報と知識の差は何かという問いはもはや成立しないのかもしれない。この文化の変動を人文学は避けて通れると考えるひとはもういないだろう。本書では、計算機を使った学問である人文情報学とはどのようなものか、その研究スタンスを中心に解説する。

比較文化研究ブックレット・既刊

No.1　詩と絵画の出会うとき
　　〜アメリカ現代詩と絵画〜　森　邦夫

ストランド、シミック、ハーシュ、3人の詩人と芸術との関係に焦点をあて、アメリカ現代詩を解説。

　　　Ａ５判　57頁　定価630円（本体600円）
　　　　　　　　　　978-4-87645-312-2

No.2　植物詩の世界
　　〜日本のこころ　ドイツのこころ〜　冨岡悦子

文学における植物の捉え方を日本、ドイツの詩歌から検証。民族、信仰との密接なかかわりを明らかにし、その精神性を読み解く！

　　　Ａ５判　78頁　定価630円（本体600円）
　　　　　　　　　　978-4-87645-346-7

No.3　近代フランス・イタリアにおける
　　　　悪の認識と愛　　　　　　　加川順治

ダンテの『神曲』やメリメの『カルメン』を題材に、抵抗しつつも〝悪〟に惹かれざるを得ない人間の深層心理を描き、人間存在の意義を鋭く問う！

　　　Ａ５判　84頁　定価630円（本体600円）
　　　　　　　　　　978-4-87645-359-7

比較文化研究ブックレット・既刊

No.4 夏目漱石の純愛不倫文学

相良英明

夏目漱石が不倫小説？ 恋愛における三角関係をモラルの問題として真っ向から取り扱った文豪のメッセージを、海外の作品と比較しながら分かりやすく解説。

A5判　80頁　定価630円（本体600円）
978-4-87645-378-8

No.5 日本語と他言語

【ことば】のしくみを探る　三宅知宏

日本語という言語の特徴を、英語や韓国語など、他の言語と対照しながら、可能な限り、具体的で、身近な例を使って解説。

A5判　88頁　定価630円（本体600円）
978-4-87645-400-6

No.6 国を持たない作家の文学

ユダヤ人作家アイザックB・シンガー　大崎ふみ子

「故国」とは何か？　かつての東ヨーロッパで生きたユダヤの人々を生涯描き続けたシンガー。その作品に現代社会が見失った精神的な価値観を探る。

A5判　80頁　定価630円（本体600円）
978-4-87645-419-8

No.7 イッセー尾形のつくり方ワークショップ

土地の力「田舎」テーマ篇　吉村順子

演劇の素人が自身の作ったせりふでシーンを構成し、本番公演をめざしてくりひろげられるワークショップの記録。

A5判　92頁　定価630円（本体600円）
978-4-87645-441-9